Wie entstehen Geschichten?

Die Liebe zum Schreiben musst du in dir tragen. Das kannst du nicht lernen. Dazu kommt ein Gespür für Themen, die lustig, skurril, explosiv, angsteinflößend oder verstörend sind. Du machst sie zu deinem Thema. In diesem Sinn sind sie autobiographisch. Geschichten bringen Situationen und Emotionen ans Tageslicht, auf den Tisch, aufs Papier, auf die Bühne, ins Bewusstsein.

Welche Art von Geschichten mitten ins Herz treffen, zu Lieblingsgeschichten werden, kann ich nie vorhersagen. Das hängt sehr vom Geschmack und den eigenen Erfahrungen des Lesers ab. Im Prinzip haben alle das Potential dazu.

Dieses Buch spiegelt aktuelle Ereignisse (Sparen – das böse Wort, PISA – ein Synonym für alles was schief läuft), unterstreicht Standpunkte (Gottes starke Töchter, In der Liebe und im Krieg – ist alles erlaubt?) und hinterfragt Denkweisen (Schubladen, Letzter werden, Mauerblümchen, Nackt). Es nimmt die Leser mit, unterhält, regt dazu an, sich eigene Gedanken zu machen, zaubert ein Schmunzeln ins Gesicht.

Ich wünsche Dir ganz viel Spaß beim Lesen.

Iris Zeilmann-Wagner

Das Gedanken-Karussell dreht sich.

Bibliografische Information der Deutschen
Nationalbibliothek:
Die Deutsche Nationalbibliothek verzeichnet diese
Publikation in der Deutschen Nationalbibliografie;
detaillierte bibliografische Daten sind im Internet über
http://dnb.dnb.de abrufbar.

Lektorat: Werner Wagner
Korrektorat: Werner Wagner

Herstellung und Verlag: BoD – Books on Demand,
Norderstedt

ISBN: 978-3-7583-7233-9

In der Liebe und im Krieg ....
ist alles erlaubt?

Lea hat geheiratet. Charming Mike hat ihr den Ring an den Finger gesteckt. Merkst Du was? Ich mag ihn nicht besonders: Aalglatt, selbstverliebt, teilt gern aus, einstecken kann er aber nicht.

Das mit der Hochzeit ist unglaublich schnell gegangen. Lea ist im siebten Himmel. Die Flitterwochen dauern schon zwei Monate, sie hat sich noch nicht gemeldet, ich kann sie nicht erreichen. Ich mach einfach mal einen Überraschungsbesuch – so wie früher.

Ich drück auf die Klingel, dreimal. Keiner hört mich, lautes Geschrei, dann Gepolter. Was machen die mit den Möbeln? Plötzlich Stille. Mike reißt die Tür auf, stürmt an mir vorbei, wütend, wortlos. Lea kauert auf dem Sofa, heult. Schiebt sich rasch die Pulloverärmel runter, versteckt ihre blauen Flecken. Hält sich ein Taschentuch vors Gesicht, Nasenbluten.

Was tust du?

Gibt's ein Drehbuch für diese Szene? Abwarten? Tee trinken mit ihr? Nachfragen? Deine Hilfe anbieten? Sie wiegelt sofort ab.

Lea: Lass es bleiben, Susi. War nur eine kleine Meinungsverschiedenheit. Mike ist ein Goldstück. Ich hab ihn nur auf dem falschen Fuß erwischt. Gleich taucht er wieder auf, mit einem Blumenstrauß und einer Entschuldigung.

Susi: Ne Lea, scheiß auf den Blumenstrauß, sei bitte ehrlich, wie oft ist das schon passiert? Wieviel Blumensträuße hast du schon bekommen? Lass dich nicht so behandeln. Mach was!

Lea: Spinnst du? Mike ist einfach ein leidenschaftlicher Typ. Ich liebe ihn. Und du gehst jetzt besser.

Ein waschechter Rauswurf!

Was tust du?

Zeit verstreichen lassen? Einfach abwarten? Ne, diese Beziehung ist toxisch. Lea ist Mikes Schmuckstück – so nennt er sie oft. Diesen Besitz muss er verteidigen, den lässt er nicht aus den Augen, den kontrolliert er engmaschig, er beherrscht sie. Der Typ ist ein Menschenfänger, er hat sie eingefangen, hat sie eingewickelt, hat sie dort, wo er sie haben will. Er tyrannisiert sie. Ja, genau so, das ist der Soundtrack einer toxischen Beziehung.

Was tust du?

Du lässt dich nicht abwimmeln, du hältst den Kontakt zu ihr. Du lässt sie nicht allein, in diesem Teufelskreis der Gewalt. Die Spirale der Gewalt wird sich in jeder Krisensituation weiter drehen. Sie muss ihre Angst vor Verlust, ihre Scham überwinden, einen Schlussstrich ziehen, gehen. Du bist an ihrer Seite. Die Krise spitzt sich zu, Lea ruft an.

Lea: Susi, ich bin im Krankenhaus, wir müssen reden, morgen früh.

Was tust du?

Was ist passiert? Ist Lea endlich soweit? Sie liegt auf der Gynäkologischen, im Einzelzimmer. Die Schwester ist besorgt, Lea spricht mit niemandem. Ein Wunder, dass sie mich anruft. Hat nur Besuch von ihrem Mann, dann weint sie. Ihr Anruf kam aus dem Stationszimmer, angeblich hat sie kein Handy. Scheiße – er hat's ihr weggenommen, du weißt genau, dass sie eines hatte. Du möchtest ihm mit voller Wucht in die Eier treten, aber Stopp: Ruhig bleiben, Lea wartet auf dich.

Was tust du?

Ihre Hand halten, zuhören, verstehen, deine Unterstützung anbieten.

Lea: Susi, ich war schwanger, er war begeistert, wollte unbedingt einen Sohn. Dann hab ich das Kind verloren, im dritten Monat. Er hat mir die Schuld daran gegeben, ist auf mich losgegangen, hat mich zusammengeschlagen. Ich will nie mehr zu ihm zurück, ich hab Angst vor ihm. Er wird mich nicht gehen lassen. Wo soll ich denn hin?

Susi: Bist du dir sicher? Dann zeig ihn an. Die Polizei kann ihn dazu zwingen, die Wohnung zu verlassen. Er darf keinen Kontakt zu dir aufnehmen. Aber leicht wird das nicht. Dieses Arschloch wird es garantiert als Beziehungstat, als Tat aus Leidenschaft darstellen. Lass dir alle deine Verletzungen vom Krankenhaus dokumentieren. Du wirst die Beweise brauchen. Fürs Erste verschwindest du besser ganz von der Bildfläche, ich kümmere mich um einen Platz in einem Frauenhaus. Dort kann er dich nicht finden, das gibt dir Zeit zum Nachdenken. Egal wie du dich entscheidest, welchen Weg du gehen willst, ich bin an deiner Seite.

Du hast etwas getan! Ist das genug?

Im Krieg und in der Liebe ist - nicht alles erlaubt.

Mir stinkt's

Achtung! Nase an Gehirn: Mir stinkt's.

Egal ob süßer kleiner Riechkolben oder großer Zinken, unsere Nase kann was – sie kann sogar noch viel mehr, nämlich rausfinden, was da in der Luft liegt, am besten sogar ohne Hilfe der Augen.

Moschusduft liegt in der Luft: Kein Zweifel, der Kollege Müller hat sich kurz vor mir im Zimmer aufgehalten. Gott sei Dank. Er ist so der Umarmer-Typ. Du kommst ihm nicht aus, und dann hast du den Geruch stundenlang an dir hängen. Den Müller wirst du dann einfach nicht mehr los.

Kollege Kurka hält sich dagegen leider noch in diesem Zimmer auf. Der war gestern wieder beim Stammtisch bei seinem Lieblingsgriechen. Der Knoblauchduft dringt durch all seine Poren, wabert durch die Luft und landet unweigerlich in meiner Nase. Wetten, dass der heute keinen einzigen Abschluss bei Kundengesprächen macht? Und montags musst du immer Abstand von Frau Monk halten. Sie besucht jeden Sonntag die Messe in der katholischen Kirche. Dort steht sie anscheinend knietief im Weihrauchnebel. Jedenfalls hängt der Geruch hartnäckig in den Klamotten und Haaren.

Und Herr Faltermann hat gestern wieder mal Sauerkraut gegessen, was sich lautstark und übelriechend auf seine Verdauung auswirkt.

Mir stinkt's!

In solchen Momenten würde ich sonst was geben für einen weniger ausgeprägten Geruchssinn. Fast überall stinkt's mir gewaltig: im Bus, im Theater, in einer Bar, in fremden Wohnungen. Ich hüte ja wirklich gerne die beiden kleinen Racker meiner Freundin Bea, damit die auch mal in Ruhe zum Friseur gehen kann. Ich hab gar nicht dran gedacht, dass Windelwechsel auch zu diesem Job gehört. Wie hält Bea bloß diesen Gestank aus? Blöderweise hab ich dann auch noch den Windeleimer aufgemacht. Ich erspar dir die Details, nur so viel: Mir war eine Stunde kotzübel.

Nur gut, dass es kein Geruchsfernsehen gibt. Damit wären für mich nämlich alle Serien mit Forensikern gestrichen. Die bewegen sich völlig ungerührt zwischen den Verblichenen. Deshalb kommt einem auch so gut wie nie der Gedanke, wie es dort wohl riechen mag. Nur wenn der Kommissar vorbeischaut, reibt er sich so was Pfefferminzhaltiges unter die Nase - also doch, ich hab's doch gewusst! Auch bei Dokumentationen über Animal Hoarding wär ich dann sofort raus. Du weißt doch, dass manche Leute aus falsch verstandener Tierliebe zwanzig Katzen in ihrer Zweiraum-Wohnung halten. Wer schon mal Katzenpisse gerochen hat, der weiß, dass das zu den widerlichsten Gerüchen zählt.

Ok, ich quäl dich nicht weiter. Es hat ja durchaus auch Vorteile, wenn man eine gute Nase hat. Ich würde mich nicht so leicht durch verdorbene Nahrungsmittel vergiften. Mir dreht keiner Gammelfleisch an, ich kann das nämlich riechen. Und wenn ich jemanden nicht riechen kann, liegt das garantiert an seinen Pheromonen oder an seinem Aftershave. Echt jetzt, meine Nase trägt ganz bestimmt zu meinem Paarungsverhalten bei. Zu deinem übrigens auch, das ist wissenschaftlich erwiesen. Es gibt leider kein zweites Date, wenn die Nase eindeutig ‚Nein' sagt.

Mir stinkt's!

Wenn's mir stinkt, ist aber oft gar nicht meine Nase schuld. Ausredenerfinder regen mich maßlos auf: Sie kommen zu spät, halten ihre Versprechen nicht, erledigen ihre Aufgaben nicht, vergessen wichtige Termine. So einer wie mein Kollege Max, äußerst charmant, aber ein Schussel wie er im Buche steht. Ne, von dem Termin hat ihm keiner was gesagt, die Liste mit der Aufgabenverteilung für die nächste Woche hat er leider zu Hause liegen lassen und an der Sitzung der Abteilungsleiter kann er leider nicht teilnehmen, da hat er Hochzeitstag. Das versteht doch jeder, oder? Ne, mein Lieber! Das verstehen wir nicht, das lassen wir dir auch nicht länger durchgehen, uns stinkt's langsam. „Ach ihr Süßen, dafür hab ich euch allen Hörnchen mitgebracht, jetzt habt euch doch nicht so, was soll denn der Shitstorm?" wiegelt Max ab. Allgemeines Achselzucken, Griff nach dem Hörnchen: Den änderst du sowieso nicht! Wow, jetzt kommt der schon wieder durch mit seiner Masche, ich fass das nicht. Mir jedenfalls stinkt's!

Mein Chef stinkt mir gewaltig, ein gnadenloser Besserwisser und dazu noch ein Stillstands-verwalter – ohne Hörnchen. Die hast du als Chef nicht nötig, du bist ja der Boss. Auf den hast du genau so wenig Einfluss wie aufs Wetter. Seine Lieblingssätze kennen wir alle schon auswendig: „Das können wir nicht riskieren." „Dafür haben wir nicht die passende Ausrüstung". „Wir warten dafür schon auf eine Verordnung." „Das ist erst mal Arbeit für einen Ausschuss." „Das liegt eigentlich nicht auf unserer Linie."
Punkt, aus die Maus, Veränderungen abgewürgt. Herrgott noch mal, wir sind doch keine Saboteure, keine Revolutionäre, wir haben gute Argumente. Hat ihm jemand schon mal gesagt, dass Stillstand Rückschritt bedeutet? Der stinkt mir langsam!

An meinem Kühlschrank hängt ein Zettel, Memo an mich: Lächeln, umdrehen, Augen rollen, nicht andersrum.

So kannst du runterkommen. Wer oder was mich ärgert, bestimm immer noch ich. Und was ich nicht ändern kann, lohnt den Ärger nicht.

Auch wenn mir manches kurzfristig stinkt!

Nackt

Ich schwöre die Wahrheit zu sagen, nichts als die nackte Wahrheit.

Wetten, dass ich sofort deine Aufmerksamkeit habe? Wie fühlst du dich? Neugierig, gespannt, unbehaglich?

März 2023: Job wegen Nacktheit verloren!

Eine Lehrerin im US-Bundesstaat Florida zeigt ihren 11 bis 12-jährigen Schülern ein Bild der nackten Michelangelo-Statue David. Prompt hat sie daraufhin ihre Stelle verloren. Hat sie den Kindern ohne Vorwarnung Pornographie gezeigt? Der Bürgermeister von Florenz lädt sie jetzt jedenfalls in seine Stadt ein, um ihr im Namen der Stadt eine Auszeichnung zu überreichen.

Jessas, Maria und Josef, a nackerts Mannsbild! Sodom und Gomorra! Und das im prüden Amerika, in einer Schule, mit all den unschuldigen Kindern. Na ja, ka echter Nackerter, nur einer vom Herrn Michelangelo. Trotzdem: Was hat der sich bloß dabei gedacht, so ganz ohne Feigenblatt. Ein Künstler halt, die sind alle a bissala gaga. Aber das geht wirklich zu weit.

Nacktheit in der Kunst: Das sind schöne Menschen, durchaus auch mit deutlich sichtbaren Genitalien. Respektiert, bestaunt, bewundert! Aber dann hat der Verhüllungswahn von Kirche und Staat zugeschlagen. Alles Nackte muss aus Sittlichkeitsgründen zensiert werden: zu nackt, zu sinnlich, zu frivol für die Moral. Nach der Devise „Schön, aber bitte geschlechtslos". Weil Nacktheit was mit Sexualität zu tun hat? Angst vor Verbreitung von Zügellosigkeit, Laster und Unzucht?

Ich schwöre die Wahrheit zu sagen, nichts als die Wahrheit – die nackte Wahrheit.

Wenn es um nackte Frauen geht, hält sich die Aufregung dagegen in Grenzen. Welches amerikanische Männermagazin verkauft sich bestens mit erotischem Cover?

Nacktaufnahmen, da lassen die Reichen und Schönen alle Hüllen fallen. Steigert den Marktwert, kurbelt die Karriere der Models an. Nackt für Geld und Karriere, eine Edelvariante von Prostitution? Andererseits: Niemand zwingt eine Frau dazu, sich nackt ablichten zu lassen. Oder ist es genau andersherum. Ein Beweis für die Macht des nackten Körpers? Natürlich wird das Magazin gekauft, weil sich Männer so für Lifestyle-Themen interessieren. Ja freilich, wer glaubt denn sowas? Sex sells, das sorgt für die Verkaufszahlen.

Ich schwöre die Wahrheit zu sagen, die nackte Wahrheit.

Erinnerst du dich an die Debatte aus dem letzten Sommer? Sollten sich Frauen oben ohne in Schwimmbädern aufhalten dürfen? Ein Sturm im Wasserglas. Hauptargument der Befürworter: Männer dürfen das, warum nicht auch Frauen? Die Feminismus-Schiene also! Umfrageergebnis: 28% der Frauen und 46% der Männer dafür. Laut Gesetz handelt es sich beim entblößten Busen um Erregung öffentlichen Ärgernisses. Na da schau an, das wusste ich noch nicht: Mein nackter Busen ist also ein Ärgernis. Oder geht es in Wirklichkeit um die Erregung? Und wo bleibt die Logik? Ein nackter Busen auf dem Cover einer Zeitschrift erregt kein Ärgernis, ein realer Busen im Schwimmbad aber schon? Was für ein scheinheiliges Geschwurbel um Nacktheit.

Ich schwöre die Wahrheit zu sagen, nichts als die nackte Wahrheit.

Meine Mama, Jahrgang 1927, wusste, was eine anständige Frau nicht wagen soll: einen tiefen Ausschnitt – Achtung: Busenalarm – oder einen Minirock – Achtung: ungebetene Einblicke. Wer so rumläuft, der ist selber schuld. Schuld woran? Anzügliche Kommentare, ein Klaps auf den Hintern. Busengrabscher haben solche Schlampen doch erst herausgefordert. „MeToo" waren wir noch ganz weit entfernt. Solange du eine anständige Frau bist, hast du nichts zu befürchten. Wenn sie sich da mal nicht getäuscht hat.

Von anständigen Männer war übrigens nie die Rede.

Da gehe ich nun schon jahrzehntelang in die Sauna. Und dort sitzen sie rum, die Frauen mit ihren erregenden Ärgernissen. Nacktheit in der Sauna, das Normalste der Welt. Weil Sauna-Gänger eher Gesundheitsapostel sind, keine Voyeure? Für Mama war das Thema Sauna nur eines: Schweinkram. „Ja schämst du dich gar nicht? So hab ich dich nicht erzogen!" Nein, ich bin noch nie auf die Idee gekommen, dass ich mich schämen muss. Jedenfalls nicht dafür, dass ich in die Sauna gehe. Hab ich kein Schamgefühl? Doch, hab ich, wenn ich gemogelt oder geflunkert hab, wenn ich den Geburtstag meiner Freundin vergessen hab, wenn ich zu spät dran bin und alle auf mich warten müssen. Vielleicht hat Mamas Einstellung was mit dem Zeitgeist zu tun oder mit Religion. Aber wenn Nacktheit etwas Anstößiges ist, warum schafft Gott den Menschen nackt? Sie hat sich sogar unangenehm berührt abgewendet, wenn ich meine Kinder zuhause gestillt habe. Dafür ist die Brust doch gedacht, oder? Hätte ich mich dafür vielleicht auch schämen müssen? Papa dagegen spaziert ungeniert voll angezogen über einen ausgewiesenen Nacktbadestrand an der Nordsee. Er wollte sich das doch nur mal anschauen, hat er erklärt. Jetzt schäm ich mich wirklich! So was nennt man Spanner oder Voyeur. Ich fass es nicht!

Das gibt mir zu denken. Was Nacktheit angeht, hat offensichtlich jeder seine eigene innere Wahrheit, seine eigene Moral. Natürlichkeit oder Sittlichkeit, Zurschaustellung oder Verhüllung, Kommerz oder Moral? Wer entscheidet darüber? Die Religion, die Gesetze, der Zeitgeist, die Ästhetik, die Gesellschaft, das Individuum?

Ich schwöre die Wahrheit zu sagen, nichts als die nackte Wahrheit.

Entschuldigung

Ein Wort, das uns nicht so leicht über die Lippen kommt, ein Wort, das es in allen Konfektionsgrößen gibt, von S bis XL. Ein Wort, bei dem man ganz genau hinhören muss.

Jemand entschuldigt sich, er gibt seine Schuld zu, bittet um Verzeihung. Wer die Entschuldigung annimmt, erteilt Absolution, die Vergebung der Sünden. Und das war's dann? Ist der vergebene Fehler damit auch vergessen? Sind mit dem Verzeihen automatisch auch die Folgen der Fehler gelöscht? Mehr Fragen als Antworten, oder?

Eine XL Entschuldigung, ohne Wenn und Aber? Meine grauen Zellen rackern sich ab. Aber dann fällt sie mir wie Schuppen von den Augen: Der Kniefall des deutschen Bundeskanzlers Willy Brandt am Ehrenmal für die Toten des Warschauer Ghettos. Eine Demutsgeste ohne Worte, mit überwältigender Resonanz, noch nie dagewesen. Entschuldigungen in der Politik sind Mangelware, die kannst du an einer Hand abzählen. Ja, Bill Clinton hat sich für den Sklavenhandel entschuldigt, Papst Johannes Paul II. für die Schandtaten der Inquisition. Dagegen wartet die Welt auf eine Entschuldigung von Erdogan für den Völkermord an den Armeniern. Und kein Sterbenswort von Präsident Obama zum Abwurf der Atombombe auf Hiroshima. Der Staatsbesuch in Japan wäre eine Gelegenheit gewesen.

Warum?

Verzeihen ist kein Automatismus. Nach dem Motto ‚Ich spring über meinen Schatten, jetzt musst du aber auch verzeihen'. Und verzeihen löscht nicht automatisch die Folgen, die aus dem Fehler entstanden sind. Was für Folgen denn? Reparationsforderungen in schwindelerregender Höhe, der Ruin für Ärzte, Juristen und Politiker. Dann schon lieber so windelweiche Formulierungen wie: „Wir müssen dafür sorgen, dass die Handlungen vergangener Generationen sich nie mehr wiederholen." Hörst du da eine Entschuldigung raus? Das wär entweder naiv oder gnadenlos optimistisch. Kein Wunder, dass viele ‚Entschuldigungen' nicht angenommen werden.

Warum?

„Ich entschuldige mich bei allen, die mich missverstanden haben." Wow, so einfach kann man also den Spieß rumdrehen. Die anderen waren zu blöd, um mich zu verstehen, bloß dass ihrs wisst. Nur wegen denen muss ich mich jetzt entschuldigen. Bin mir nicht ganz sicher, ob ich das unverschämt oder genial finde. Auf jeden Fall kann ich drauf verzichten, lass es bleiben.

„Entschuldigung, dass ich das mal in aller Deutlichkeit sage, aber dieser Vorschlag ist eine Zumutung." Für Deutlichkeit muss sich niemand entschuldigen, sie ist eine Wohltat bei all dem Gelaber. Und sobald das Wort aber auftaucht, kannst du alles andere vergessen. Eine Entschuldigungsinflation entwertet das Wort, lass es bleiben.

„Oh sorry, das passiert mir immer wieder, ihr kennt mich ja." Die Leute glauben doch tatsächlich, wenn sie einen Fehler eingestanden haben, brauchen sie ihn nicht mehr abzulegen. Du wirst also weiterhin zu spät kommen, Geburtstage vergessen, Verabredungen verschwitzen, Namen durcheinanderbringen. Dein Markenzeichen, garniert mit einem achselzuckenden 'sorry'. Sorry sagt sich auch so viel schneller dahin, jedenfalls schneller als Ent–schul–di–gung. Sorry, aber ich weiß genau, es tut dir eigentlich gar nicht leid. Nur: Wenn es dir nicht ernst damit ist, lass es bleiben.

„Ja, ich habe sie auf den Mund geküsst. Das war eine Siegesfeier, ein Freudentaumel, grenzenlose Begeisterung. Entschuldigt. Das ging vielleicht ein kleines bisschen zu weit. Man muss doch auch den Kontext berücksichtigen." Die Rechtfertigung von Trainer Rubiales, als er zu einer Entschuldigung gedrängt wurde. Nur weiter so, einfach den Spieß umdrehen. Was seid ihr nur für empfindliche Spießer. Er würde sich ja gerne entschuldigen, aber es tut ihm einfach nicht leid. Den ganzen Wirbel bräuchte es gar nicht und die unangenehmen Konsequenzen erst recht nicht. Wer sein Fehlverhalten nicht einsehen kann, von dem brauchen wir keine Entschuldigung, also lass es bleiben.

Solche Entschuldigungen verdienen keine Vergebung. Die heben wir uns auf für Menschen, die an Wiedergutmachung interessiert sind, die Verantwortung übernehmen. Man erinnert uns immer daran, dass wir unseren Feinden vergeben sollen. Steht irgendwo geschrieben, dass das auch für unsere Freunde gilt? Deren Ausrutscher treffen uns direkt ins Herz, von denen hätten wir keinen Fauxpas erwartet, keine Gemeinheit, keine Lügen. Dazu kann ich nur sagen:

> Liebe ist immer noch die anständigste
> Entschuldigung für Dummheiten.

Sparen – das böse Wort

Familienrat bei den Meiers. Die fetten Zeiten sind vorbei. Das Konto ersäuft in roter Farbe, blutrot! Papa Meier sieht schwarz für die Zukunft, Mama Meier verordnet „Gürtel enger schnallen", was so viel heißt wie sparen. Für die Kinder ein Fremdwort, ein Reizwort, klingt bedrohlich nach Verzicht, nach ungemütlichen Zeiten, nach streichen und kürzen. Sie sind dagegen.

Mama ist clever genug das böse Wort zu vermeiden. Also kramt sie in ihrer Wortschatzkiste nach neutralen, möglichst euphorischen Umformulierungen. Mein Vorschlag: Rufen sie doch mal den Redenschreiber von Finanzminister Christian Lindner an. Wenn der seine verbale Vernebelungsmaschine auspackt, schafft er alle Gegenargumente fürs Erste aus der Welt. Der arme Lindner muss einem ganzen Volk ein Schuldenloch von siebzehn Milliarden Euro präsentieren. Und die wollen vom Sparen auch nix hören. Ein Sparfuchs, der das Wort sparen umschiffen, vermeiden, aus seinem Wortschatz streichen muss.

Ok, Frau Meier legt los, Blaupause Christian Lindner, ohne das böse Wort: „Unser Handlungsbedarf liegt bei 500 Euro pro Monat. Wir werden ab sofort mit weniger Geld eine wirksamere Haushaltsführung hinkriegen müssen. Dabei müssen wir uns mit drei großen Kostenblöcken beschäftigen: Kultur, Essen außer Haus und Mode. Da werden wir schauen, wie wir treffsicherer werden können. Bei zahlreichen Ausgaben müssen wir uns fragen, ob sie ihre Ziele tatsächlich erfüllen. Auf der Ausgabenseite müssen wir unbedingt umschichten, nicht notwendige Ausgaben werden wir depriorisieren."

Wow, wenn das keine Meisterleistung der Redekunst ist! Was für ein Sprachreichtum! Wer so reden kann, kann ein ganzes Volk vernebeln, oder? Oder er gerät schnell in den Verdacht, die hochgeschätzten Wähler für dumm verkaufen zu wollen. Die Meier-Kinder Axel, Volker und Merle jedenfalls lassen sich nicht so leicht austricksen. Bei den Kostenblöcken ist Mama ja wenigstens einmal konkret geworden. Da kann man sich festbeißen. „Schon klar, Mama, dann kannst du deine monatlichen Mädelsabende mit Kino, Popkorn und Cocktails aber mal ganz schnell vergessen. Papa, du verzichtest dann auf deinen Stammtisch, hab ich das richtig verstanden", schlägt Axel vor. Sofort geht die Post ab, wie im Kabinett, soll doch mal der andere Minister mit gutem Beispiel vorangehen. Der kommt sowieso ständig mit Sonderwünschen um die Ecke,

Schluss damit. „Ach ne, aber wenn du meine Mädelsabende streichst, dann müssen deine Ausgaben für neue Videospiele ebenfalls gestrichen werden", schießt Mama zurück. Oh je, jetzt geht das Geschacher los, wie in der Politik, frei nach dem Motto ‚Wie du mir, so ich dir‘. Axel schluckt, so hat er sich das nicht vorgestellt, das tut weh.

Neue Strategie: Was anbieten, was nicht ganz so weh tut. „Na gut, die wünsch ich mir von Oma und Opa zu Weihnachten, dann müssen wir nicht streichen." Mama hält dagegen, die Großeltern sollen die dringend nötigen neuen Fußballschuhe schenken, damit lassen sich die Ausgaben für die Videospiele depriorisieren, basta. Sch..., damit stehen die Videospiele auf der Abschussliste, wie hat er sich da bloß reinmanövriert?

Merle hält vorsichtshalber die Klappe, duckt sich weg, vielleicht kommt sie ungeschoren davon. Ihre Klavierstunden gehen ganz schön ins Geld, ihre Brüder machen sich immer lustig über ihr Geklimper. „Über Merles Klimper-Kultur sollten wir aber auch mal reden. Erfüllt die irgendeinen Zweck? Vom Klavierspielen wird die nie leben können, würde ich als erstes auf die Streichliste setzen", mischt sich Volker ein. Volker, der

Praktische, der Rechenkünstler, der Zahlen-
mensch. Für fünfzig Euro würde der jede Kultur
verkaufen, na warte. Der Streit geht in die nächste
Runde, Verbündete suchen, also Papa anbaggern.
Der ist der Scholz in der Familie, der trifft die letzte
Entscheidung. Merle erinnert Papa an das große
Konzert der Musikschule in zwei Monaten, sie ist
doch für die Besetzung des Pianos vorgesehen.
Was für ein Prestigegewinn für die Familie. Der
Wink ist angekommen, Papa lächelt schlumpfig,
lässt sich nur nicht sofort festnageln, schlägt eine
Vertagung in dieser Frage vor. Noch kann sich
Merle nicht sicher fühlen, noch stehen die
Klavierstunden auf der Streichliste.

Axel ergreift noch einmal das Wort. „Aber eines ist
klar: Taschengeld ist nicht verhandelbar. Darum
werden wir hart kämpfen, zur Not treten wir dafür
in Streik." Ahh, die Kindergewerkschaft fletscht die
Zähne, jetzt wird es ernst. Kanzler und Finanzchef,
pardon, Papa und Mama contra bockigen Widerstand einer unerwarteten Interessenallianz. Der
Familienfrieden steht auf dem Spiel. Die
Haushaltsdebatte muss verschoben werden, eine
neue Verhandlungsrunde für das Wochenende
wird angesetzt.

Die Fronten sind verhärtet, der Kampf um Interessen verdrängt die Vernunft, die Zusammenarbeit für das Ziel rückt in weite Ferne, die Zukunft der Planungsgemeinschaft gerät ins Wanken. Sprechen wir noch von Familie Meier?

Essen mit Kindern

Essen unter erschwerten Bedingungen

Ihr fragt euch ernsthaft, was nun alles kommt, was dieses Thema so hergibt? Dann meinen herzlichen Glückwunsch, ihr seid Glückspilze, eure Kinder sind absolut unkompliziert, essen alles, was ihr so auf den Tisch bringt. Was um Himmels Willen machen wir anderen bloß falsch? Wir können da nämlich ein ganz anderes Lied singen, und das geht so:

Luca liebt Gemüsemais aus der Dose. Den löffelt er mit Begeisterung, mal eben so zwischendurch. Nur wenn du seinen geliebten Mais in die Lasagne reinmischt, weigert er sich standhaft, auch nur eine Gabel voll zu probieren. Nix zu machen, Mais gehört da nicht rein, Punkt. Für dich macht das überhaupt keinen Sinn, Mais ist doch Mais, oder nicht? Ok, was nun, schnell was anderes kochen? Na dann hast du aber für immer verloren gegen diesen kleinen Tyrannen. Akzeptieren, aber dann nix mehr bis zum Abendbrot? Kein Obst, keine Snacks? Kannst du das wirklich durchhalten, wenn er dann Hunger bekommt? Verdammt noch mal, wie kommen wir aus der Nummer raus?

Oh Gott, und ausgerechnet heute Nachmittag kommt Oma. Einmischung von außen kannst du schon gar nicht brauchen – oder eine klammheimliche Umgehung der mütterlichen Autorität. Was also tun? Verhandeln! Wenn du heute die Lasagne isst, darfst du morgen bestimmen, was es mittags zu essen gibt. Würde ich so probieren!

Aufgemerkt: Kinder sind wie Kieselsteine, die uns glattreiben.

Was schon mit einem Kind zum Problem ausartet, wird beim Kindergeburtstag zum Drahtseilakt. Da kriegst du volle Breitseite ab.

„Pommes darf ich nicht essen." „Wienerle schmecken mir nicht." „Gibt's bei euch keine Cola." „Ist dein Kuchen selbstgebacken." „Ich bin allergisch gegen alles, wo Ei dran ist."

Das darf doch nicht wahr sein. Du bist drauf und dran vorzuschlagen, dass jeder nächstes Mal sein Essen selber mitbringen soll. Aber dann hast du die rettende Idee, Beschäftigung und Verpflegung in einem: Wir machen gemeinsam einen Obstsalat. Die Kinder schnippeln auch mit Begeisterung, und zum Glück fließt kein Blut. Jetzt nur noch Zitronensaft drüber und eine Portion Zucker. Doch schon geht's los: Ben: „Kann ich eine Portion ohne Zucker haben?" Luca: „Ich will meinen Obstsalat, aber ohne Weintrauben." Felix: „Also ich mag keine Bananen!" Fabian: „Kannst du mir die Himbeeren rauspulen?" Du kriegst so langsam einen dicken

Hals. Die haben vielleicht Nerven. Du wirst jetzt auf keinen Fall anfangen pro Portion einzelne Obstsorten wieder auszusortieren. Wozu haben wir dann überhaupt Obstsalat gemacht? So freundlich, aber so bestimmt wie möglich teilst du also den Obstsalat aus; „Dann tauscht halt einfach untereinander."

Aufgemerkt: Artige Kinder fordern nichts, artige Kinder kriegen nichts.

Mit der Familie zum Essen gehen, jeder sucht sich raus, worauf er grad Lust hat. Endlich mal kein Genörgel, weil Mama schon wieder Broccoli auf den Tisch gebracht hat. Pommes rot-weiß, Schnitzel, sogar 'ne Cola sind ausnahmsweise erlaubt. Die Vorfreude ist riesengroß. Jetzt musst du nur noch dafür sorgen, dass sich die Kids ordentlich benehmen. „Alle bleiben am Tisch sitzen bis zum Schluss, alle sprechen leise, benutzt euer Besteck und die Serviette, mit vollem Mund wird nicht gesprochen. Das war alles. Habt ihr noch Fragen?" Luca hat sich das alles angehört, seine Freude hat einen Dämpfer bekommen, das hört sich irgendwie anstrengend und stinklangweilig an. „Mama, können wir nicht lieber 'ne Pizza bestellen? Und uns auf die Couch lümmeln und einen Film anschauen?" Wär tatsächlich weniger

Stress, aber Luca und seine Schwester müssen sich ... Ach komm, was soll's, Pizza, Couch, Film.

Aufgemerkt: Wenn ihr nicht werdet wie die Kinder, dann werden die Kinder wie ihr. Wollt ihr das wirklich?

Eine Einladung zur Sitzung des Elternbeirats der Schule flattert ins Haus. Eine dringende Angelegenheit. Wir müssen über den Zustand unserer Cafeteria sprechen, der ist besorgniserregend. Du denkst sofort an Salmonellen und andere unhygienische Zustände. Klar, da ist Handlungsbedarf! Nur geht die Diskussion deiner Mitstreiter in eine völlig andere Richtung. Frau Maisel, die Frau des Bürgermeisters, legt sofort los: „Das Angebot ist so gar nicht nach meinem Geschmack. Das muss definitiv gesünder werden, mit frischen Produkten, nach Möglichkeit auch noch vegan." Dann gibt Frau Weigand, die Apothekerin, ihren Senf dazu: „Die Auswahl muss auch vielfältiger werden, dabei natürlich preisgünstig versteht sich." Frau Fritsche, die Sekretärin vom Bund Naturschutz, gibt zu bedenken: „Ach ja, als umweltbewusste Schule darf dabei kein Verpackungsmüll entstehen."

Aufgemerkt: Kinder können nichts für ihre Eltern

So, so, da kannst du grundsätzlich doch gar nicht dagegen sein, oder? Leckere Salate, frisches Obst und Gemüse, Vollkornprodukte, Aqua Minerale und Bio-Säfte, Vollkornnudeln mit frischer Tomatensoße, Gemüselasagne usw. Dir schwirrt der Kopf, die lieben Kleinen sollen genau das essen, was sie zu Hause kategorisch ablehnen? Hört sich außerdem ziemlich personalintensiv an, wenn es frisch zubereitet wird. Und das alles preiswert, wo leben die denn eigentlich? Davon, dass die Schüler ein solches Angebot ablehnen, kann keine Kantine leben. Du schaltest dich mit einem revolutionären Vorschlag ein: „Ich finde, dass die Schüler ebenfalls befragt werden sollten, bevor die Eltern Entschlüsse fassen. Die sollen sich doch letzten Endes für ihre Cafeteria begeistern." Du bekommst prompt einige böse Blicke, aber zum Glück nicken auch viele zustimmend. Abstimmung, Vorschlag angenommen. Die Kids sollten dir die Füße küssen, jetzt können sie wenigstens mitbestimmen.

Aufgemerkt: Kinder sind auf ihre Art souverän, sie stehen unter den Dingen.

Gottes starke Töchter

Wer hat Angst vor starken Frauen? Alle! Und wenn sie sich euch zeigen? Dann rennen wir alle davon?

Ne, zum Davonrennen ist es zu spät, aber es ist an der Zeit die mentale Festplatte zu reinigen. Die alten Zöpfe von unseren vorgefertigten Bildern von ,der Frau' müssen weg. Die Frau, das ist nicht Barbie, nicht Luxuspuppe, nicht Zicke, nicht Heldin, nicht Heilige, nicht Dienstbotin, nicht Krankenschwester, nicht Kosmetikerin, nicht Erzieherin, nicht Blondine, nicht Rotschopf, nicht Marilyn, nicht Angela, nicht Maria, nicht Maria Magdalena. Auch wenn du sie alle in einen Topf wirfst, wird kein wohlschmeckender Eintopf draus. Wir sind nicht stumm, nicht dumm, nicht faul, nicht schwach, nicht süß, nicht maßgeschneidert, nicht manipulierbar, nicht verfügbar, nicht zimperlich, nicht zögerlich, nicht zart, nicht zerbrechlich.

Wir sind Gottes starke Töchter.

Überraschung, Schnappatmung! Frauen gibt's? Im Buch der Bücher? Oh ja! Frauen gibt's im Buch der Bücher – starke Frauen! Haben die Männer in den schwarzen Kitteln in Rom schon davon gehört? Na klar, Mann, deswegen haben sie ja die Hosen voll. Gefahr im Verzug, dröhnendes Schweigen zum Thema Frau. Sie haben Albträume von Frauen, die den Vatikan stürmen, sich dort breit machen, Damentoiletten und separate Duschen fordern, die Frechheit besitzen zu diskutieren und mit abzustimmen, die ausgehungerten Monsignori sexuell bedrängen. Der Heilige Vater wäre vollkommen überfordert mit den starken Töchtern Gottes, am Ende ist nicht mal der Heilige Stuhl vor ihnen sicher. Ausnahme: die Marias, die Jungfrauen mit Kind. Die muss man reinlassen, aus Respekt gegenüber der Mutter Gottes.

Panik vor Gottes starken Töchtern

Diese Töchter haben Väter, Mütter, Schwestern und Brüder. „Schon mal was von Maria Theresia gehört?" frag ich Stefan. Mein Bruder nickt, klar kennt er sie: „Mensch, das ist doch die nette Verkäuferin in unserer Bäckerei." Wow! Ich geb' nicht auf: „Katharina, die Große? Kennst du die auch?" „Oh ja, so nennen wir heimlich unsere Chefin. Hat sich das schon bis zu dir rumgesprochen?" Große Herrscherinnen in Geschichtsbüchern? Fehlanzeige, unsere Geschichte ist rein männlich. „Hey, Sister, wenn du Mädchennamen für ein Baby suchst, wie wär's mit Adele, Britney, Billie oder Madonna?" Er checks einfach nicht. „Du bist schwanger, Mäuschen? Wer isn der Vater? Kann er eine Familie ernähren?" Ne,

Mama und Papa, bin ich nicht. Und die Ernährung krieg ich zur Not alleine hin.

Gottes starke Töchter

Wir werden nicht sang- und klanglos in der Vergessenheit versinken. Wir lassen uns nicht länger unterbuttern. Ab jetzt: Solidarität untereinander, Netzwerke bilden, gönnen können. Das kriegen wir hin. Richtet sich das etwa gegen die Männer? Nein, gar nicht. Es geht um unsere Talente, um unseren Mut, um das Aufstoßen von Türen und um öffentliche Sichtbarkeit für uns. Das kriegen wir hin. Silke, du kannst tolle Geschichten schreiben, lass sie nicht auf deinem Schreibtisch vergammeln. Ich kenn eine Lektorin, die soll sich das mal anschauen. Basta. Isa, du hast eine geile Bluesstimme, du trittst am Wochenende mit der Band meines Mannes auf. Du gehörst auf die Bühne. Basta. Kerstin, du nähst leidenschaftlich gerne Kinderkleider. Wir haben dir einen Stand beim nächsten Kunstgewerbe-Bazar gesichert. Die werden dir die Klamotten aus den Händen reißen. Basta. Schwesternschaft halt, ein Netzwerk aufbauen, gönnen können. Das kriegen wir hin.

So werden wir Gottes starke Töchter.

Nur über den Alltagssexismus reden wir nicht miteinander, wir starken Töchter. Ertragen stumm sexistische Sprüche oder unerwünschten Körperkontakt. Grenzen werden überschritten. Kollege Huber kommentiert genüsslich deinen Knackarsch, der Chef drückt seine Wertschätzung durch Umarmungen aus. Dass Kollege Pauls Auto bequeme Liegesitze hat, wissen alle Mitarbeiterinnen. Wehe du protestierst? Zicke, Spaßbremse, frigide Emanze, im schlimmsten Fall kannst du deine Karriere vergessen. Lieber kritische Situationen vermeiden und in Deckung gehen?

Wo bleibt euer Kampfgeist, ihr starken Töchter Gottes?

2017, der Harvey Weinstein Skandal. Missbrauchserfahrungen durch den Herrscher über Karrieren. Das ganze Ausmaß des Machtmissbrauchs tritt zu Tage. Die Lawine auf Twitter und Facebook ist nicht mehr aufzuhalten. Die Karrieren von Stars wie Bill Cosby und Kevin Spacey enden jäh vor den Gerichten. Die Angst geht um unter den Männern vor der geballten Schlagkraft der unabweisbaren Anschuldigungen. Die sexistischen Strukturen im Film, im Fernsehen, im Musikgeschäft, in den Medien und in der Politik kommen ans Tageslicht. Mutige Frauen haben die Büchse der Pandora geöffnet.

Gut gemacht, viel Erfolg, ihr starken Töchter Gottes!

Baumarkt

Obi, Hornbach, Hagebau
Da machen sich die Männer schlau.

Zuerst erschuf Gott den Mann, dann hatte er eine bessere Idee. Und bevor er dann eine Ruhepause eingelegt hat, ließ er noch die Baumärkte sprießen, das Paradies der Männer. Also, wo triffst du die größte Auswahl an Kerlen?

Obi, Hornbach, Hagebau
Da machen sich die Männer schlau.

Du kannst die verschiedenen Exemplare dort völlig ungeniert unter die Lupe nehmen. Sie nehmen von ihrer Umgebung nichts mehr wahr, mutieren zu Werkzeugjunkies. Wie Zombies schleichen sie die Regale entlang. Zärtlich berühren sie Sechskantmuttern, Karosseriescheiben, Fitschenringe, Rosettengarnituren, Aufschraubscharniere. Sie müssen schwere Entscheidungen treffen zwischen Tischkreissäge, Handkreissäge, Gehrungssäge und Lochsäge. Sie führen halblaute Selbstgespräche über die Passform und Ästhetik von Klodeckeln und Duschköpfen.

Obi, Hornbach, Hagebau
Da machen sich die Männer schlau.

Baumarktsprache! Keine anerkannte Fremdsprache. Es gibt keine Fremdsprache nur für Männer, oder doch? Ich bräuchte einen neuen

Klodeckel, so einen, der sich ganz langsam von selber schließt. Wie zur Hölle heißt das Ding in der Baumarktsprache? In den Kunden-PC im Baumarkt kannst du den gewünschten Artikel eingeben, damit du ihn findest. Pech gehabt, wenn du die Bezeichnung nicht kennst.

Obi, Hornbach, Hagebau
Da machen sich die Männer schlau.

Hattest du schon dein erstes Mal im Baumarkt zusammen mit deinem Freund, deinem Partner, deinem Mann? Nein? Dann hör gut zu, ich geb dir einen kleinen Vorgeschmack.

Sie: Schatz, hast du eine Einkaufsliste dabei?
Er: Brauch ich nicht, Liebling, hab ich alles im Kopf.

Vorsicht, das ist ein Trick, hat er nicht. Er vergisst garantiert immer irgendwas, damit er im Handumdrehen wieder zum Baumarkt muss!

Er: Liebling, du musst nicht mit mir rumlaufen. Warte doch ganz einfach hier mit dem Einkaufswagen.

Achtung! Er will seine Ruhe haben, Sachen einfach nur anschauen, auch wenn er sie im Moment gar nicht braucht.

Sie: Wie lange brauchst du denn, Schatz?

Er: Keine Ahnung, du kannst dich auch schon mal im Gartencenter umschauen.

Charmantes Ablenkungsmanöver, jetzt will er Zeit gewinnen. Es wird auf jeden Fall noch länger dauern, als du gedacht hast.

Sie: Ok, Schatz, bis später.

Und schwupp hat ihn das Regallabyrinth verschluckt. Den findest du so schnell nicht wieder.

Nach einer Dreiviertelstunde ist er immer noch nicht aufgetaucht. Du wanderst jetzt ebenfalls die Regalreihen ab, ohne Erfolg. Diese Läden sind riesig, du kannst seine Spur nicht aufnehmen. Ok, du greifst nach dem letzten Strohhalm. „Frau Schmidt sucht den großen Anton. Anton bitte zur Kasse kommen", schallt es durch den Baumarkt. Einige männliche Kunden grinsen schadenfroh. Selber schon erlebt? Anton kommt, kopfschüttelnd, verärgert, verständnislos.

Er: Himmel noch mal, was soll denn das? Ich war doch nur kurz weg. Und ich hab noch gar nicht alles gekauft, was ich mir vorgenommen hab. Warum hast du mich nicht am Handy angerufen, statt so einen Aufstand zu veranstalten. Gib mir noch zehn Minuten!

Sie nickt gnädig und gluckst innerlich. Natürlich hätte sie ihn am Handy erreichen können, aber das hätte ihm längst nicht so viel Dampf gemacht. So hatte sie wenigsten auch ein bisschen Spaß.

Obi, Hornbach, Hagebau
Da machen sich die Männer schlau.

Wie kriegen wir ein Baumarkt-Happy End hin?
Ich hab mir mal was überlegt:

Vorschlag Nummer eins:
Kombiniere Baumarkt mit Bistro. Funktioniert als Park-and-Ride-Version. Park sie im Bistro und reite in die aufregenden Regalschluchten wie einst Malboroughman. Kostet dich lächerliche vier Cappuccini und ein Schokocroissant pro Stunde. Das ist gar nichts gegen die große Freiheit im Land der unbegrenzten Bastelmöglichkeiten.

Jetzt kannst du dich endlich schlau machen, so lange du willst!

Mein absoluter Hit:
Kombiniere Baumarkt mit Schuhgeschäft. Joint Venture sozusagen. Erhält garantiert den Ehefrieden. Warum ist bloß noch niemand auf diese Idee gekommen? Kein zeitlicher Mehraufwand beim Einkauf, zeitgleicher Umsatz in zwei Geschäften. Zwei glückliche Menschen: Sie im siebten Schuhehimmel, er im Baumarktparadies.

Obi, Hornbach, Hagebau
Da machen sich die Männer schlau.

Dazwischen – stuck in the middle

Zwischen den Jahren dürfe man absolut keine Wäsche waschen und aufhängen, hat mir eine ältere Dame mal erzählt: ‚Zwischen den Jahren' – Noch nie gehört. Gemeint sind die Tage nach Weihnachten bis zum Dreikönigstag – für die, die auch keine Ahnung haben. „Und warum darf man dazwischen keine Wäsche waschen?" Aha, ein Versuch der Frauen, sich ein bisschen Ruhe zu verschaffen. Daumen hoch! So ein ‚dazwischen' klingt doch ganz verlockend. Muss ich mir merken.

Eigentlich fühl ich mich sowieso oft dazwischen, zwischen meinem gelben und meinem blauen Ich. Das gelbe ist das giftige, das aufbrausende, das ungeduldige, das blaue dagegen ist das freundliche, hilfsbereite, verständnisvolle. Setzt sich das gelbe durch, liegt Widerstand, Auseinandersetzung und Streit in der Luft, das gelbe schießt auch gerne ungebremst übers Ziel hinaus. Hinterher geht es mir schlecht, es tut mir natürlich leid. Gewinnt das blaue Ich, kann ich mich zurücknehmen, stell meine eigenen Bedürfnisse in den Hintergrund. Hinterher geht es mir auch wieder schlecht. Ich frag mich, warum ich mir so viel bieten lasse. Nur wenn gelb und blau in der Balance sind, also irgendwo dazwischen, läuft alles wie geschnitten Brot. Noch ein Pluspunkt für so ein ‚dazwischen‘.

Meine Familie ist immer irgendwie dazwischen: Orgelkonzert und italienische Schlager, Tanzsport-club und Fußballverein, Vegetarier und Fleisch-esser, Sprachen und Naturwissenschaften, Sofa und Fitness-Studio – nicht Fisch und nicht Fleisch, lauwarm halt. Eigentlich genial, so lernst du tolle Typen kennen. Irgendwie aber auch Sch....., du gehörst nirgends so voll und ganz dazu. Eine Einladung zum Essen, ein Balanceakt. Die Vegetarier entdeckten Schinkenstückchen im Salat! Blankes Entsetzen. Mein Vorschlag: „Ok, schiebt die Stückchen einfach beiseite.“ Abgelehnt, mit einem schrillen „Ich ertrage keine Leichenteile auf meinem Teller“. Kommentar der Fleischesser: „Ihr Pflanzenfresser habt doch wirklich alle einen Knall“. Na, das kann ja ein heiterer Abend werden! Mitglieder der Formationstanzgruppe sprechen die nächsten Termine an, den Fußballerfreunden fallen fast die Augen raus: „Was, ihr tanzt? Jetzt sagt bloß noch, das ist Sport!“ Großes Gelächter der Fußballer, Empörung bei den Tänzern. Eine neue Front hat sich aufgetan. Ne Leute, der Abend ist gelaufen. Dazwischen zu sein macht keinen Spaß. Am Ende hast du sie alle gegen dich.

Bist du vielleicht ein Dazwischenkind, so ein Sandwichkind wie Max? Max hängt quasi zwischen dem Stammhalter Ben, der alles immer früher kann, und dem verwöhnten Nesthäkchen Maja fest. Für den Klettergarten ist Max immer noch zu klein, für den Spielplatz schon zu groß. Der Vorteil für Max ist auf jeden Fall, dass er gelegentlich auch mal unter dem elterlichen Radar verschwinden kann. Max kommt zu spät nach Hause. Fällt nicht auf, die Jüngste, Maja, hat grad gespien. Er hat die Schulaufgabe verkackt, keiner fragt nach, Ben zickt grad extremst. Sie haben genug zu tun mit dem Älteren und der Jüngeren. Genaugenommen kommt er auch mit dem Begriff Sandwichkind extrem gut weg. Er ist die leckere Füllung, der wohlschmeckende Belag zwischen den beiden trockenen, geschmacksneutralen Schichten.

Mir ist aufgefallen, dass ich viele Sachen ‚in der Zwischenzeit' erledige. Was genau ist überhaupt eine Zwischenzeit? Die Zeit zwischen zwei Terminen? Die Zeit zwischen Arbeitszeit und Schlafenszeit? Jedenfalls keine Ruhepause, keine Entspannung. In der Zwischenzeit hab ich noch schnell..., in der Zwischenzeit könnten sie doch noch...! Zwischenzeiten sind vollgestopft mit Kleinkram, der nebenbei erledigt werden kann: Einkaufen, Termine machen, Wäsche in den Trockner, Tisch reservieren, Flugtickets buchen, tanken, Reinigung... So treiben wir uns selber in den Burnout. Wie wäre es stattdessen mit: Eine Tasse Kaffee mit einer Freundin trinken, zehn Minuten Lieblingsmusik hören, einen Spaziergang mit dem Hund machen, einen guten Freund anrufen, einen Smoothie schlürfen.

Oder eine Zwischenlösung: Noch schnell den Geschirrspüler ausräumen und dann die Tasse Kaffee. Gut gemacht, jetzt hast du nämlich endlich wieder eine saubere Tasse. Ich liebe Zwischen-lösungen, die Taktik der kleinen Schritte. Die langen Haare abschneiden? Na vielleicht erst mal einen schulterlangen Bob. Ein Buch schreiben? Oder doch erst mal eine neue Geschichte aus dem Hut zaubern?

Eine gute Geschichte hat einen Anfang und ein Ende, dazwischen ist sie ziemlich kurz, nie länger als sieben Minuten – zumindest bei einem Poetry Slam.

Letzter werden

Das wird doch jetzt nicht eine Geschichte von Losern? Oh doch, sie wird! Wetten, dass man auch spektakulär scheitern kann, so gigantisch, dass ein Film gedreht wird – über den Letzten?

Treffen sich vier Athleten, um eine Mannschaft für den Vierer-Bob bei den Olympischen Spielen 1988 in Calgary zu bilden. Jetzt kommt's: Sie sind alle Jamaikaner – verrückter geht's kaum, Wintersport in einem tropischen Land, Kälte und frieren gänzlich unbekannt. Schau dir mal den Film ‚Cool Runnings' über die Jungs an, Kopf schütteln und Lachen garantiert. Gewonnen haben sie nie, jedenfalls keine Medaillen, aber Aufmerksamkeit, Respekt und den Neid der gesamten Konkurrenz. Und Neid muss man sich bekanntlich erst mal verdienen.

Na, wenn das so funktioniert, nehm ich vielleicht doch noch ein zweites Mal am Landkreislauf teil und – werde wieder die Letzte auf meinem Streckenabschnitt. Spitzname: ‚Lame Duck Iris'. Nur weil ich ab und zu mit einer Freundin zum Joggen gehe, haben die vom Sportverein mich bekniet, doch bitte mitzumachen. Nur wenn alle Streckenabschnitte besetzt werden können, darf der Verein teilnehmen. Und ich blöde Kuh hab mich überreden lassen. Nur eine kurze Strecke. Darauf hab ich bestanden. Keiner hat mir vorher gesagt, dass just dieser Abschnitt gern von den Triathleten genommen wird, so als kleines Training. Kaum war der Startschuss gefallen, hab ich die anderen Teilnehmer nur noch von hinten gesehen. Dann gar nicht mehr. Was für ein Albtraum, ganz allein auf der Strecke, wie im falschen Film. Dann der Zieleinlauf: Klatschende, jubelnde Menschen, Anfeuerungsrufe ‚Halt durch, das schaffst du, super gemacht, nur nicht aufgeben'. Unglaublich, der Erste im Ziel kann auch nicht mehr Applaus bekommen haben, Händeschütteln und ein kühles Getränk inklusive. Wenn du schon nicht Erster werden kannst, dann am besten gleich Letzter. Für die in der Mitte kommt keine vergleichbare Begeisterung auf. Muss ich mir merken, wenn ich mal wieder die Letzte werden sollte.

Klar ist es wieder passiert. Alle meine Freundinnen wurden schwanger, bekamen süße Babys. Nur bei mir tat sich nichts. Also hab ich fremde Babys gewickelt, gefüttert, beruhigt, gekitzelt, gebadet, ins Bett gebracht. Und, wenn gar nichts mehr ging, wieder der Mama in die Hand gedrückt. Die Freundinnen mussten sich mit Hilfe von Puppen auf ihre Mamarolle vorbereiten. Nur dass die nicht herumzappeln, plärren oder schlechte Laune haben. Für mich dagegen ein absolutes Mega-Training für kommende eigene Kinder, beste Vorbereitung am lebenden Objekt. Und es kommt noch besser. Als mein erstes Baby dann endlich das Licht der Welt erblickt hat, wurde ich nahezu überschwemmt mit Babystramplern, Mützchen, Söckchen, Rasseln, Flaschenwärmern, lauter Zeug, das von den anderen Müttern längst nicht mehr gebraucht wurde. So gesehen, wieder mal nicht übel, wenn du die Letzte bist.

Meine beiden Jungs sehen das gaaanz anders. Letzter sein heißt, Verlierer sein oder ablosen, wie sie das nennen. Sie sind schwer enttäuscht, wenn ihre Mannschaft letzter wird. Da rollen dann schon mal Tränen vor lauter Wut. Und dann noch die Schadenfreude der Gegner, Drama pur. Da hilft kein Eis und schon gar nicht das Mitleid der Mama. Verlierer sein ist einfach das Letzte. Beim nächsten Mal muss ein Sieg her. Sie trainieren freiwillig mehr und härter, die Wut verwandelt sich in Energie, sie wachsen über sich selbst hinaus. Kein Ball wird verloren gegeben, sie flitzen wie die Verrückten, feuern sich gegenseitig an, klatschen sich ab, wenn ein Spielzug gelungen ist, lassen sich in der Pause Tipps vom Trainer geben, sind wie im Rausch. Keiner mag glauben, dass diese Mannschaft ein Spiel verlieren kann. Hat sie aber, erst letzte Woche. Aber das hat sie aufgeweckt, motiviert, angestachelt, heiß gemacht, den Sieg gebracht. Genauso geht es.

Immer neue sportliche Herausforderungen, auch als sie schon Familienväter sind. Der Griff zu den Sternen, ausgerechnet Triathlon muss es sein. Siegen ausgeschlossen, aber Letzter werden auch. Sich selber Ziele stecken, ans Limit gehen, über sich selbst hinauswachsen – heißt ja auch Challenge. Sich rantasten, als Mitglied einer Staffel, sich jedes Jahr auf eine Disziplin konzentrieren: 3,8 km Schwimmen in unter einer Stunde, 180 km Rad fahren in unter sechs Stunden. Auftakt gelungen, dann der Rückschlag: Marathon laufen nicht möglich, orthopädisches Problem. Noch nicht aufgeben, nicht aufgeben, nicht aufgeben. Geburt einer neuen Idee: Wir bilden eine Familienstaffel. Yeah, wo gibt's denn sowas? Ein Bruder schwimmt, Papa fährt Rad, der andere Bruder läuft den Marathon. Risiko: Papa geht auf die 70, der Bruder ist noch nie einen Marathon gelaufen. Neues Ziel: unverletzt finishen, Zeit egal. Letzter werden? Nicht auszuschließen! Projekt Familienstaffel läuft an, drei Männer trainieren, tauschen Erfahrungen aus, Schweiß fließt. Keine Absage des Wettbewerbs trotz Corona, aber keine Zuschauer erwünscht, keine Anfeuerung. Ergebnis: angekommen, nicht Letzter geworden, völlig erschöpft und – Lust auf ein nächstes Mal.

Süchtig nach ......

die Italiener nach Espresso, die Engländer nach Fish 'n Chips, die Dänen nach Zimtschnecken, die Griechen nach Ouzo .....

Na klar: Sie verputzen das Zeug in rauen Mengen, es gehört zu ihrer nationalen Identität. Schau mal an, wie leicht uns das Wort ‚süchtig‘ über die Lippen geht, es kommt geradezu harmlos daher. Die Dänen brauchen halt Zimtschnecken, die Schotten ihren Whisky, die Ostfriesen ihren Tee. Das werfen wir ohne mit der Wimper zu zucken in einen Topf. ‚Süchtig sein‘ kommt nahezu augenzwinkernd daher. Im Englischen heißt es ‚I'm hooked on ...‘, irgendwas hat mich am Haken, hält mich fest, lässt mich nicht mehr los.

Hast du auch von dem Mann gelesen, der von Los Angeles an die Ostküste geradelt ist und auf dem Weg zurück jeden Tag einen Marathon laufen will? Unglaublich, oder? Ist der nicht ganz dicht, gesund ist das auch nicht, und normal schon gar nicht. Sportsüchtig? Publicitysüchtig? Oder beides? Und eine verdammt einsame Angelegenheit ist diese Reise auch, es sei denn, sein Imageberater fährt im Begleitfahrzeug mit. Ich stell mir grad vor, wie das sein muss, wenn du so einen Sportwahnsinnigen kennenlernst. Er macht den Vorschlag, eine kleine Radtour mit dir zu unternehmen. Dann bist du ganz schön am Arsch, unter acht Stunden geht da gar nix. Wie gesagt, solche Freaks führen doch ein einsames Leben, seine Lebensgefährten genauso, der ist ja nie zuhause. Ok, ein Körnchen Bewunderung hab ich aber schon für den Typen, vor allem für die Energie und den Willen, den er aufbringt. Aber letzten Endes hängt er doch nur total am Haken, hooked on sports activities. Was würden die Suchtberater zu dem Typen sagen? Auf jeden Fall Stufe drei: Seine Droge Sport ist zu seinem Lebensinhalt geworden, sein Körper ist eine hohe Belastung gewöhnt. Nur zur Info, es geht nur bis Stufe vier. Das ist die totale Abhängigkeit von der Droge, im Gehirn hat sich ein Suchtgedächtnis ausgebildet, das nach dem Maximum von der Droge verlangt.

Im Fitness-Studio trainiert eine junge Frau neben dir wie besessen, schaut nicht nach links oder rechts, voll konzentriert. Nur ein zufälliger, kurzer Blick zu dir rüber. Du erschrickst, so hohlwangig ist dieses Gesicht. Ihre Figur ist verhüllt durch die Sportklamotten, Beine und Arme sind verdeckt. Bestimmt sind sie steckerldünn. Hat sie meine Gedanken erraten, steht mir das Urteil ‚Magersucht' ins Gesicht geschrieben? Wir schauen beide schnell woanders hin, das war's dann auch schon. Aber das Gedankenkarussell dreht sich, sollst du ein Gespräch anfangen? Ist das eher eine Sache der Trainer? Eigentlich weiß doch jeder, dass Magersucht mit vermehrten sportlichen Aktivitäten bis zum Umfallen einhergeht. Das passt in das Bild, das ich mir gemacht hab, aber das Leugnen gehört auch dazu. Sie würde nix zugeben, mir gegenüber, einer Fremden. Alle wollen schlank sein, wo zum Teufel liegt die Grenze zur Magersucht. Die großen Modefirmen kleiden nur prominente Damen ein, die höchstens Kleidergröße 34 haben, ein Gewicht deutlich unter 50 Kilo. Ist das noch normal? Kotzen die sich die Seele aus dem Leib, um dahin zu kommen? Pardon, darüber spricht man nicht, nur über Personal-Trainer und gesunde Ernährung. Es hat doch nichts mehr mit Gewichtskontrolle zu tun, wenn du Fett siehst, wo gar keines mehr ist. Magersüchtige kontrollieren die Angaben der Waage täglich, in Wirklichkeit lassen sie sich von der Waage kontrollieren. Schon wieder sind wir bei Stufe drei: Hungern und Sport treiben, im schlimmsten Fall kotzen ist zur gefährlichen Gewohnheit geworden.

Meine Freundin Gisi macht sich Sorgen um ihren Jüngsten. „Ich hab das Gefühl, der ist süchtig nach Computerspielen. Der hockt nur noch zu Hause rum und zockt. Zum Essen erscheint er kurz, dann verschwindet er sofort wieder an seinen Computer." Generationenkonflikt? Nur 'ne Phase?

Einstieg in die Sucht? Hat er noch reale Freunde? Geht er noch zu seinem Fußballtraining? Duscht er noch? Schläft er genug? Ein ganzes Paket voller Fragen, mit denen sich Eltern rumplagen. Wo kriegst du Antworten, wem erzählst du überhaupt von deinem Problem? Wir gehen gemeinsam zur Suchtberatung. Noch mehr Fragen tauchen auf. „Benutzt er leere Flaschen als Urinbehälter?" Oh Gott, nein, soweit ist es dann doch noch nicht. „Hat er schon mal versucht im Laden mit virtuellem Geld zu bezahlen?" Wie bitte? Das meinen die doch nicht im Ernst, das Kind ist doch nicht blem blem. Wir sind erschüttert und erleichtert zugleich. Der Berater ist noch nicht fertig. „Darf ich sie fragen, wieviel Paar Schuhe sie besitzen?" Gisi besitzt mehr als 200 Paar, das weiß ich sicher, sie ist verrückt nach Schuhen. „Würden Sie sagen, dass Sie kaufsüchtig sind?" Gisi ist etwas blass um die Nase geworden und schüttelt den Kopf. Süchtig? Ne, sie ruiniert weder die Haushaltskasse, noch spürt sie einen Kaufzwang. Die 200 Paare haben sich über die Jahre halt so zusammengeleppert. Eine Marotte könnte man sagen, so ein Frauending vielleicht, aber doch keine Sucht. Sie könnte sich vorstellen, Monate lang kein einziges Paar zu kaufen, an jedem Schuhladen vorbeizugehen. Süchtig nach ....., das sagt sich so leicht, nach Kaffee, nach Quizsendungen, nach Gebäck, nach

Arbeit, nach Anerkennung. Der Eindruck entsteht schnell.

An dieser Stelle, das hab ich eben bemerkt und es ist mir ja äußerst peinlich, hab ich soeben meine Aussage verloren. Hast du beim Lesen zufällig meine Aussage gefunden? Ein Text ohne Aussage, eine unvorstellbare Vorstellung. Was sagst du? Du hast eine gefunden? Wirklich? Nein, da ist nicht meine Aussage. Meine erkennst du sofort, der Satz muss eine Faust sein, kein Zeigefinger: zuschlagen, treffen. Dann wird nichts anderes übrigbleiben: Der Text muss ohne Aussage bleiben. Vielleicht findest du noch eine.

Die deutsche Sprache ...

Anglizismen
und andere Absonderlichkeiten

Poetry-Slam-Beitrag – Lies den Text am besten
laut. Dann entfaltet er seine volle Wirkung.

Yeah, dann mal all in mit dieser Story, deadline ist in sieben Minuten, stoppt ruhig mit eurer Smartwatch. Und alle gehen bitte off-line mit ihrem Handy.

Backstage war's grad nicht besonders chillig, hab mich mit den Beats von meiner Playlist angeturnt, besser als mit Joints oder Cocktails. Soll ja hier kein Flop werden, sondern ein perfekt designter Act. Später noch ins Pub, buddies? Ich komm übrigens grad frisch von der Beautyfarm, der Deal war, so viel Anti-Aging Produkte wie möglich. Die haben echt ein boomendes Business am Laufen, all inclusive, sogar mit Butler. Für heute nur Concealer, Mascara und Lip Gloss, das muss reichen, um nicht abzulosen. Meinen Body hab ich dort natürlich auch in Form gebracht: ein bisschen Aerobic, ein Body-Fit-Kurs und, noch vor dem Brunch, eine Runde Hula Hoop. Da bist du spätestens beim Late Night Meeting völlig ausgepowert. Aber die Jeans sitzt wieder perfekt, dazu ein glamouröses T-Shirt und ein Blazer, mit

High Heels, Slippern oder Sneakern ein super Outfit, oder?

Und was macht die Slammerin so ganz privat, Hobbies zum Beispiel? Na ja, wenn der Big Boss mit seinem Bike unterwegs ist, schau ich mir gerne Quizshows an, oder ich loade mir ein Buch von der Bestsellerliste runter. Oder ich chatte mit Freunden, jogge eine Runde oder surfe im Internet. Außerdem bin ich ein großer Fan von Rock'n'Roll-Music und von Actionfilmen.

Fast Food ist nicht so mein Ding, bitte keine Burger! Das heißt jetzt aber nicht gleich, dass ich Mitglied bei den Weight Watchers bin. So ein leckerer Donut darf es schon mal sein. Ich back auch schon mal Cup Cakes für die Familie. Meine Männer lieben ihre Barbecue Partys mit saftigen Steaks, dazu gibt's Wedges und Coleslaw, das sind unsere Sommerabende.

Hast du mal mitgezählt, wie viele englische Begriffe man in einer kurzen Story, pardon, Geschichte unterbringen kann? Dabei fehlen noch einige Bereiche, in denen es vor englischen Wörtern nur so wimmelt. Aber Schluss damit, man soll eine Welle nicht zu Tode reiten. Bin sicher, du hast auf Anhieb alles verstanden, ich sowieso, bin mit Englisch ziemlich gut unterwegs.

Versuchen wir mal, nur so zum Spaß, ein englisches Wort aus dem Text durch ein deutsches zu ersetzen. Concealer – ein Verberger?

Gewöhnungsbedürftig! Geh doch mal in die Parfümerie und frag nach einem Verberger. Wär schon ein Wunder, wenn die eine Vorstellung davon haben, was du willst. Ein Abdecker? Ist das nicht ein Pferdeschlachter? Im Ernst, so kannst du doch kein Produkt der Kosmetikindustrie nennen. Oder nehmen wir den Laptop, ein Schoßoberteil? Damit kann sich kein Mensch anfreunden, das müssen auch die Sprachpuristen zugeben – die selbsternannten Wächter über unsere Sprache. Die würden am liebsten alle fremden Elemente, Entschuldigung, Eindringlinge rauswerfen. Sie meiden Fremdwörter wie der Teufel das Weihwasser, jonglieren gekonnt mit den drei Artikeln der/die/das und wettern gegen die Tendenz, dass der Dativ dem Genitiv sein Tod ist. Echt jetzt, der Dativ ist ein Mordgeselle? Gleichzeitig jammern sie über die Unsitte, den sächsischen Genitiv ins Deutsche einzuschmuggeln. „Peter's Bräustüberl" mit Apostroph s, wo gibt's denn sowas? Na klar, im Englischen! Die Englischlehrer sind so erfolgreich mit diesem „Besitzer s", dass die Schüler ihr neu erworbenes Wissen ins Deutsche mitnehmen. Da liegt Ärger in der Luft!

Doch was mich viel mehr beschäftigt als das Gemetzel zwischen Dativ und Genitiv, ist, dass wir die alten Leutchen abhängen könnten mit all den Anglizismen. Das wollte ich rausfinden, mit Hilfe meiner bald 90-jährigen Tante. Sie ist richtig fit im Oberstübchen, aber Englisch hat sie nie gelernt. „Tante Dora, hast du Lust auf eine Schätzfrage? Ich les dir was vor, und du rätst, wie viele englische Wörter du gehört hast, machst du mit?" Klar macht sie das, sie ist für jeden Spaß zu haben. Also legen wir los. „Ach du liebe Zeit, Kind, jetzt schwirrt mir ganz schön der Kopf. Das waren doch mindestens 200 oder?" stöhnt sie dann. Mit ihren geschätzten 200 liegt sie sehr hoch, dann wäre quasi nur jedes dritte Wort deutsch gewesen. Und das wiederum lässt nur den Schluss zu: Es war ihr nicht möglich, den Text zu verstehen. Weitere Fragen musste ich eigentlich gar nicht mehr stellen, wollte ich auch nicht, um sie nicht bloßzustellen und damit traurig zu machen. Zum Glück kommt sie in ihrer gewohnten Umgebung und mit Unterstützung der Familie problemlos zurecht. Kein Englisch zu verstehen bedeutet keine Einschränkung. Es tut mir gut, das zu wissen.

Gott sei Dank nimmt sie alles mit viel Humor: „Weißt du, die deutsche Sprache ist aber auch manchmal ziemlich absonderlich. Da gibt es so viele Wörter, die man einfach aneinander geklatscht hat, sodass sie ellenlang geworden sind: Zwetschgen-kuchen-rezept, Wild-schwein-braten, Geburts-tags-geschenk, Feuer-schutz-leiter."

Recht hat sie! „Kannst du dich noch erinnern? Früher haben wir immer ein Spiel daraus gemacht. Du fängst mit einem Wort an und jeder hängt weitere dran, solange es einen Sinn ergibt." Ja, und diese Absonderlichkeit ist eine Besonderheit der deutschen Sprache, die es in anderen Sprachen nicht gibt. Also hat man sie in der englischsprachigen Welt einfach adoptiert. Man könnte auch sagen, Wörter wie „Schadenfreude", „Kindergarten", „Kaffeeklatsch", „Besserwisser", „Weltschmerz", „Sauerkraut", „Waldsterben" sind ausgewandert und haben sich woanders eingebürgert. Ha, es gibt also auch Germanismen. Beruhigt euch das ein bisschen, liebe Sprachwächter?

Schubladen

Mein Schreibtisch hat keine Schubladen. So what? Chaos auf der großen Ablagefläche, verplemperte Zeit auf der Suche nach dem Tesafilm, dem Taschenkalender, dem Artikel über Trommeln für Erwachsene. Ein Ordnungssystem muss her, wie in meinem Kleiderschrank. Der hat mindestens fünf Schubläden. Schublade auf, Socken und Strumpfhosen gefunden, Schublade zu, so einfach geht das.

Spricht was gegen Schubladen im Oberstübchen? Ordnung ist das halbe Leben: zwei Schubladen für Frauen – Schlampen und Heilige, zwei für Männer – Macher und Schlappschwänze, zwei für Kinder – Rotzlöffel und Streber, zwei für Senioren – Big Spender und Grabkante. In welcher Schublade würdest du gerne landen? Und wer, glaubst du, leistet dir dort Gesellschaft? Ah, du glaubst, du seist einzigartig, willst dich in keine Schublade stecken lassen. Pech gehabt, da gibt's noch die große, mit der Aufschrift ,Sonstiges'. Das wäre dann die Alternative.

Ach so, das Sortiersystem ist dir noch nicht differenziert genug. Wir brauchen noch mehr Schubladen, noch mehr Blabbala. Auf jeden Fall eine für Beamte. Die arbeiten wenig, machen ständig Kaffeepausen, kleben unkündbar mit ihren fetten Hinterteilen auf ihren Stühlen und piesacken alle Bittsteller, die demütig an sie herantreten. Ein weiterer für alle Smartphone-Junkies, Gamer und Influencer. Die haben sich von der realen Welt schon lange verabschiedet, Game Over sozusagen. Die würden nicht mal merken, dass sie in der Schublade stecken. Die leben sowieso in ihrer eigenen Blase. Und was machen wir mit den ganzen Verbots-Verkündern von der ‚nie mehr' Fraktion ? ‚Nie mehr Fleisch, nie mehr Flugzeug, nie mehr fette Flitzer, nie mehr freie Fahrt für verrückte Fahrer, nie mehr Frauensternchen-Verweigerer'. Rein in die Schublade, dort könnt ihr diskutieren so lange euch die Puste reicht.

Wie jetzt? Du bist noch nicht zufrieden mit dem Schubladensystem? Du brauchst noch mehr? ‚Hormongesteuerte Helden, Heimchen am Herd, Helikopter-Mütter und -Väter, Hausbesetzer, homophobe Hinterwäldler, hinterhältige Heilsbringer, Hetzredner, Hassprediger? Meinetwegen, aber so langsam stößt unser Ordnungssystem an seine Grenzen. Wie und wo, zur Hölle, findest du einen vielfliegenden, hasspredigenden Hinterwäldler mit Tendenz zum Helikopter-Daddy? Vier Schubladen durchwühlen? Das hältst du im Kopf nicht aus, das ist kein Ordnungssystem, das ist doch ein Witz!

Oder, um es auf den Punkt zu bringen, ‚Schubladendenken wird in Holzköpfen produziert'. Genau genommen haben wir viel mehr Gemeinsamkeiten als Unterschiede. Ist das so? Ich gestehe, auch ich seh immer zuerst die Unterschiede, die groben sowieso, aber auch die kleinen, die feinen. Zwei Brüder, der gleiche Beruf. „Ihr seid euch zum Verwechseln ähnlich", sagen die Kollegen. „Allein schon die Stimme, ich könnt nie sagen, wen ich grad an der Strippe hab." Und jetzt ich, ihre Mama: „Die zwei könnten unterschiedlicher nicht sein." Na dann strengen wir das Mamagehirn doch mal an. Wie viele Gemeinsamkeiten kannst du finden? Ergebnis: Hab auf Anhieb 15 gefunden, dann hab ich aufgehört zu suchen. Also doch, deutlich mehr Gemeinsamkeiten als Unterschiede.

Aber selbst wenn wir mit anderen so viele Gemeinsamkeiten haben, wir wollen nicht im gleichen Suppentopf schwimmen wie alle anderen. Wir wollen als Individuum wahrgenommen werden, geliebt und respektiert werden, mit all unseren schrulligen, unverwechselbaren Facetten: dem Schuhtick, der Liebe zu Italien, der Freude an Gartenarbeit, der Lust an Wortspielen, der Sehnsucht nach Sommerabenden auf der Terrasse, der Entspannung bei Orgelkonzerten, der Verbundenheit mit der Familie, dem Talent zum Backen.

Wenn du so willst: Wir passen in so viele Schubladen, da brauchst du einen Kompass, um ein Individuum wie mich zu finden. Außerdem stehen Schubladen nicht einfach so in der Gegend rum, sie sind Teil einer größeren Einheit, eines Schranks. Nur: Wenn du in der Schublade steckst, siehst du den Schrank nicht mehr. Du kannst nicht mehr erkennen, was all die unterschiedlichen Schubladen zusammenhält:

Lachen vor Freude, weinen aus Kummer, hungern nach Anerkennung und Respekt, warten auf Freundschaft, sich fürchten vor Krankheit, überleben von Katastrophen, sich freuen über Schönheit, glauben an Werte, leben in Freiheit und Selbstbestimmung, ablehnen von Hass und Gewalt .....

Ok, und wenn du jetzt immer noch mehr an Schubladen glaubst als an Schränke, dann hab ich nur noch einen Wunsch:

Wenn Du mich schon in eine Schublade steckst, dann bitte in die mit den Süßigkeiten.

Anette, die Nette

Sie wohnt gleich nebenan, und wenn sie gebraucht wird, dann packt sie gleich mit an.

Warum ist ‚nett sein' eigentlich total aus der Mode gekommen? So sehr, dass du irritiert die Stirn runzelst, wenn jemand sagt, er findet dich nett. Wie jetzt? Nett? Wie die kleine Schwester von Scheiße? Oder mehr so ‚Ich will nix von dir, ich will nur nett sein.'? Könnte auch ‚Du bist ein naives Dummerchen.' heißen.

Freundlich, liebenswürdig, offen – so stell ich mir einen netten Menschen vor, einen Menschen wie Anette. Nix, was du auf Knopfdruck ein- und ausschalten kannst, nix, was du aus purer Berechnung hervorzauberst. Aber ich geb zu: Das nette kleine Wort ‚nett' ist der Loser des Jahrzehnts, es hat sich aus unserer Umgangssprache rausgeschlichen oder, knallhart gesagt, wir haben es rausgeschmissen. Mit dem Satz ‚Mein Sohn hat ein nettes Mädchen geheiratet' bist du automatisch die böse Schwiegermutter. Ja, ja, mehr fällt dir zu deiner Schwiegertochter nicht ein? Das spricht doch Bände.

Nicht mit Anette, Leute, jetzt erst recht, sie zieht in den Kampf für alles ‚Nette'! Sie lässt keine Gelegenheit aus, nett zu sein. Die Bedienung in ihrem Stammcafé trägt neuerdings diese ganz unglaublichen Sneaker. Anette findet sie einfach wow, kann gar nicht mehr wegschauen. Na dann los, sag's ihr doch einfach. „Ich bewundere schon die ganze Zeit Ihre neuen Schuhe, die sind richtig klasse." Die junge Frau strahlt, freut sich wie Bolle, dass jemand ihre Schuhe bemerkt hat, und kriegt sichtbar gute Laune. Anette hat ihren Tag ein kleines bisschen schöner gemacht. Ihren übrigens auch, weil nett sein so leicht geht.

Anette, die Nette, sie wohnt gleich nebenan,
und wenn sie gebraucht wird,
dann packt sie gleich mit an.

Sie probiert es an der Kasse im Supermarkt gleich noch mal aus. Der Typ hinter ihr hat nur 'nen Schokoriegel und 'ne Flasche Mineralwasser, den lässt sie gleich mal vor. Guck mal, wie er jetzt grinst, und er bedankt sich sogar. Zugegeben, die Menschen hinter ihr murren vor sich hin. Sie kann sie deutlich hören. „Ja, wo kämen wir denn da hin, ich hab auch nicht den ganzen Tag Zeit. Na die hat vielleicht Nerven." Kriegt man solche Miesepeter auch mit Nettigkeit rum? Sie probiert's wieder, bei der Omi direkt hinter ihr. Die kann gar nicht so schnell die gekauften Artikel in ihrem Wagen verstauen, wie sie auf dem Fließband angesaust kommen. „Des hamma gleich, ich helf Ihnen. Die Kassiererin is aber heut auch gscheit fix." Sowas ist der knurrigen Omi noch nie passiert. Ruckzuck ist alles im Wagen verstaut und Anette kriegt ein „Das war aber wirklich nett von Ihnen". Tja, ein freundliches Wort geht nie verloren. Es läuft von einem zum anderen, bis es schließlich zu uns zurückkommt.

Anette, die Nette, sie wohnt gleich nebenan,

und wenn sie gebraucht wird,

dann packt sie gleich mit an.

Bei ihren Freunden kommt ihr Experiment ‚nett sein' nicht gut an. Sie glauben, man kann immer nur so nett sein, wie der andere es zulässt.

Anette: Versteh ich nicht. Warum sollte jemand das nicht zulassen?

Peter: Na weil er sich manipuliert fühlt. Der fragt sich, was du wohl erreichen willst.

Anette: Aha, jetzt hab ich's. Wer nett ist, muss einen Grund dafür haben. Ihr meint ‚nett sein' ist nur eine Maskerade, eine Verkleidung für eine dahinter verborgene Absicht. Na, dann gebt mir mal ein Beispiel, damit ich das verstehe.

Peter: Kein Problem. Nehmen wir einfach die Verkäuferin in einer Boutique. Sie berät dich, fast schon fürsorglich, schmeichelt dir, weil du so einen guten Geschmack hast, bringt dir eine Tasse Kaffee, damit du dich so richtig wohl fühlst. Sie ist ausgesprochen nett zu dir. Aber sie ist nicht deine Freundin, sie will verkaufen. Sie manipuliert dich, und du lässt es zu. Sie wird dafür bezahlt, nett zu sein. Kapierst du das?

Anette: Ich bin ja nicht doof. Der Autoverkäufer macht das übrigens ganz genauso, nur damit ihr Herren der Schöpfung euch jetzt nicht ganz entspannt ausklinkt. Andererseits, als Kunde ist mir ein bisschen unechte Freundlichkeit lieber als echte Unfreundlichkeit.

Anette, die Nette, sie wohnt gleich nebenan,
und wenn sie gebraucht wird,
dann packt sie gleich mit an.

Nette Menschen sind glücklicher, sie lächeln mehr. Und ein nettes Lächeln macht Gegner wütender als Geschrei. So gesehen kannst du dein Lächeln als Waffe benutzen, genauer gesagt, zur Entwaffnung deines Gegenübers.

Einfach nur nett sein – dem kann sich niemand entziehen.

Das Mauerblümchen

Gartenparty im preisgekrönten Gartenparadies von Onkel Joe. Der schlägt als erstes vor: „Kommt mit! Heute zeig ich euch mal meine wunderschönen Mauerblümchen." Echt jetzt, die Mauerblümchen? Wer will denn Mauerblümchen sehen, wenn es einen Rosengarten gibt? Aber Onkel Joe schwimmt auf einer Energiewelle. „Von meinen Mauerblümchen würd ich mich nie trennen. Sie kriechen durch Mauerritzen, kämpfen zäh ums Überleben, sie sind quasi Selbstversorger, unglaublich lebensfähig selbst bei schlechtesten Voraussetzungen. Da kann die schönste Rose nicht mithalten. Stattdessen lauft ihr blind dran vorbei, marschiert schnurstracks in den Rosengarten. Macht doch die Augen auf für diese Farbenexplosion. Ich freu mich jedes Frühjahr wie Bolle über diesen Blütenteppich", strahlt Joe. Na dann, heute gibt's wohl eine Mauerblümchenparty.

Das menschliche Mauerblümchen – fällt dir spontan jemand ein? Ein Mädchen, eine junge Frau, nicht schön und nicht hässlich, nicht gut und nicht schlecht, nicht mal schrullig. Unauffällig, hochgradig farblos, wie die Farbe Grau, eine graue Maus halt. Immer irgendwie unter dem Radar, ganz am Rand des Blickfeldes.

Mir fallen spontan zwei Schwestern ein, Anne und Christiane, die neun Jahre lang mit mir die Schulbank gedrückt haben. Und jetzt kommt's: Ich weiß nichts über sie, gar nichts. Ich bin sicher, meinen ehemaligen Klassenkameradinnen geht's genauso. Was aus ihnen geworden ist? Achselzucken. Kann ich nicht sagen, ich hab sie nie wieder gesehen, nichts mehr von ihnen gehört. Zwei Mädels, die nie im Mittelpunkt standen, sondern immer am Rand, ohne erkennbare Fähigkeiten, ohne Ecken und Kanten, ohne Lipgloss, Mascara oder Nagellack. Mauerblümchen eben. Heute hätte ich viele Fragen an euch, Anne und Christiane.

War euch bewusst, dass wir euch für Mauerblümchen gehalten haben?
War es eine Rolle, die ihr gespielt habt, eine Nische, in die ihr euch zurückgezogen habt?
Wolltet ihr in Ruhe gelassen werden, oder habt ihr euch nach Aufmerksamkeit gesehnt?

Als wir alle das pubertäre Zickenstadium durchlaufen haben, wart ihr beide merkwürdig asexuell, erst kindlich, dann erwachsen, übergangslos. Ohne Körperlichkeit, irgendwie altjüngferlich. Bis zu diesem speziellen Vorfall, dieser Sache unter der Rubrik MeToo. Einer unserer Lehrer ließ häufig den erforderlichen körperlichen Abstand zu seinen Schülerinnen vermissen. Wir konnten uns nicht auf eine passende Reaktion einigen. Aber als er an

Anne geriet, sprang sie empört auf, fand klare Worte für sein Benehmen: „Hören Sie sofort auf damit, lassen Sie gefälligst ihre Finger von mir. Wenn das noch einmal passiert, melde ich das." Totenstille. Ausgerechnet das Mauerblümchen hat sich getraut! Einen Überraschungsmoment lang waren alle sprachlos, wie erstarrt. Was für ein Mutausbruch! Hat es irgendwas an ihrem Status geändert? Nein, definitiv nicht, wir haben uns zutiefst geschämt. Von einem Mauerblümchen mussten wir uns zeigen lassen, wie man sich nachhaltig wehrt. Statt uns bei ihr zu bedanken, haben wir uns abgewendet und nie mehr offen über ‚die Sache' gesprochen. Hinter vorgehaltener Hand hielt sich dagegen eine ‚giftige' Interpretation: Die erträgt nicht mal die Hand auf der Schulter, am Tanzkurs teilnehmen findet sie wahrscheinlich unanständig, das ist doch total unnatürlich. Ne, ihr Lieben, wir haben uns alle irgendwie zum Opfer machen lassen, nur sie hat sich gewehrt. Verdreht mal nicht die Tatsachen.

Sie haben ihr Abitur gemacht, leise und unauffällig. Wenn ich raten müsste, sind sie Steuerberaterin, Finanzbeamtin oder Theologieprofessorin geworden. Oder Mütter einer Schar von Kindern. Ihre Schüchternheit ist keine Persönlichkeitsstörung, kein Fehler oder Makel. So haben wir die beiden allerdings behandelt.

Wie haben sie das ausgehalten?

Weil sie immun gegen unsere Sticheleien geworden sind?

Weil sie mit zähem Überlebenswillen nie ihr Ziel, das Abitur, aus dem Auge verloren haben?

Weil sie zu zweit waren und sich gegenseitig gestützt haben?

Mauerblümchen in der Natur bilden sogar ganze Teppiche. Die einzelnen Triebe halten sich gegenseitig, indem sie sich ineinander verhaken. Man muss den Pflänzchen nur einen kleinen Wachstumsanstoß geben, Substrat in die Spalten füllen, und schon geht's los. Zum Überleben bilden sie ein flaches Wurzelwerk, sind winterhart, halten aber auch großer Hitze stand. Mit anderen Worten: Sie sind echte Überlebenskünstler. Wenn sie im Frühjahr blühen, liefern sie ein tolles Farbschauspiel in blau, gelb, weiß und rosa. Einmal im Jahr legen sie sich richtig ins Zeug, den Rest des Jahres kannst du Teppichglockenblume, Hungerblümchen und Blaukissen getrost sich selbst überlassen.

Tja, Leute, man sollte sich nicht vorschnell ein Urteil über Mauerblümchen bilden. Sie werden allzu oft unterschätzt, müssen um jedes Quäntchen Aufmerksamkeit kämpfen. Unter den richtigen Bedingungen entwickeln sie ungeahnte Kräfte, überstrahlen sogar die Rosen.

Der arme Tevje

Erinnerst du dich an den armen Tevje, den Milchmann, der davon träumt, einmal reich zu sein? Das hat sich so angehört:

> Lieber Gott, schick uns die Medizin,
> die Krankheit haben wir schon.
> Ich will mich ja nicht beklagen,
> aber mit deiner gütigen Hilfe, oh Herr,
> sind wir fast am Verhungern.
> Ei, du hast viele, viele arme Leut' geschaffen.
> Ich sehe natürlich ein, dass es keine Schande ist arm zu sein,
> aber eine besondere Ehre ist es auch nicht.
> Was wäre nun daran so furchtbar,
> wenn ich auch ein kleines Vermögen hätte?

Als er vom Gebet nach Hause kommt, erwartet ihn schon seine bessere Hälfte Ruth.

Ruth: Bist du unserem Herrn heute etwa schon wieder in den Ohren gelegen mit deinen ganzen Klagen, Tevje?

Tevje: Ach Ruth, ich will ihn doch nur überreden, ein bisschen mehr auf seine armen Schäfchen zu schauen. Nicht nur auf die reichen in Erlenstegen.

Ruth: Tevje, du bist wirklich undankbar. Der Herr tut doch, was er kann. Wir haben doch jeden Tag eine warme Mahlzeit von der Suppenküche um die Ecke.

Tevje: Also Ruth, du Schaf. Wir müssen uns jeden Tag fast zwei Stunden für unser Mittagessen anstellen, bei Wind und Wetter. Letzten Winter hast du dir fast den Tod geholt, bist wochenlang im Bett gelegen. Nu, da hab ich den Herrn heut mal um Medizin angehauen.

Ruth: Also, ich bitte dich, Tevje. Im Moment sind wir doch gar nicht krank, was soll denn der Herr von dir denken! Der Herr ist doch kein Wunschautomat. Demnächst bestellst du noch einen Porsche bei ihm, du dummes Mannsbild.

Tevje: Bring mich nicht auf solche Ideen, Ruth, am Ende rutscht mir das wirklich noch mal raus. Bei so manch einem hat das geklappt. Ich seh' doch die Porsches durch die Straßen flitzen. Aber nach einem Fahrrad könnt ich ihn schon mal fragen, und neue Schuhe brauchen wir auch ganz dringend.

Ruth: Lass doch endlich mal den Herrn in Ruhe mit solchem Kleinkram. Dafür gibt es doch das Sozialkaufhaus. Da finden wir schon was. Was bist du heute aber auch grummelig.

Tevje: Ach Ruth, ich bin auf dem Heimweg an diesem neuen italienischen Restaurant vorbeigekommen. Das hat sooo gut gerochen. Und was da alles auf der Speisekarte draufsteht! Wenn ich dich wenigstens einmal in so eine Speisegaststätte einladen könnte! Du in einem schicken Kleid mit diesen unglaublich hohen Schuhen und ich im Anzug, mit einem dicken Geldbeutel in der Hosentasche.

Ruth: Tevje, du versündigst dich. Was hast du nur für Gedanken. Du sehnst dich nach einem Restaurantbesuch? Schnick, schnack! Wer braucht denn sowas? Wir haben fünf gesunde Kinder großgezogen, sie sind anständige Menschen geworden, die wissen, wo ihr Platz ist. Wir müssen dem Herrn dankbar sein für dieses Geschenk. Schluss jetzt!

Ruth versucht Tevje die aufmüpfigen Forderungen an den Allerhöchsten auszureden. Sie hat sich mit der Armut arrangiert, während Tevje noch einen Funken Kampfgeist im Leib hat. Seine Armut ist keine Schande, sondern eine Aufgabe im Rechenbuch des Herrn. Und der muss von Zeit zu Zeit daran erinnert werden, seine Hausaufgaben zu machen.

Können wir uns darauf einigen, dass Armut nicht den betroffenen Menschen beschämt, Armut beschämt die Gesellschaft. Aber statt Armut mit Entschlossenheit zu verhindern, entstehen komplizierte Wortblasen mit Verschleierungspotenzial:

Relative Einkommensarmut, Verhinderung von Einkommensungleichheit und Armutsrisiken, Vermögenskonzentration problematisch, verteilungspolitisches Ziel verfehlt

Ich schreib jetzt zum ersten Mal in meinem Leben einen Leserbrief, und der geht so:

„Armes Deutschland? Nö, gibt's nicht, wir haben doch ein soziales Netz, bei uns muss niemand hungern, frieren oder im Park schlafen", sagen all die Wohlstandsbürger, die im Restaurant sitzen, sich die eh schon fetten Bäuche vollhauen, die sich anschließend in ihren fetten SUV setzen und sich dann in ihrem schicken Loft noch einen Absacker gönnen. Klar, wo sollen die auch Armut sehen? Klar, man sieht nur die, denen es gutgeht. Und warum geht's denen gut? Na ich muss doch sehr bitten, sie haben gelernt, geschuftet, haben sich hochgearbeitet. Da darf man sich doch wohl mal was gönnen?

Schämen die sich gar nicht?

PISA – ein Synonym für alles ...
was schief geht

Was ich dachte, als ich zum ersten Mal von einer PISA-Studie gehört habe? „Jetzt fällt er bestimmt demnächst um, der Turm, wie schade." Weil ich an den freistehenden, schiefen Turm von Pisa gedacht hab. Schon erstaunlich, der steht schon seit 850 Jahren so schräg da. Nicht zu übersehen, der Glockenturm für den Dom, mitten in der Stadt Pisa. Er hat immer mal wieder wie so ein alter Zechbruder geschwankt, aber die haben ja auch einen Schutzengel. Deshalb fallen sie nicht um.

Na super, damit lag ich eindeutig daneben. Die Studie betreibt eine Art Bestandsaufnahme in Sachen Bildung, sozusagen global. Deutschland könnte sich also mit Lettland oder mit Singapur vergleichen. Ne, lieber nicht, die haben ja deutlich besser abgeschnitten. Deutschland könnte aber auch die Fortschritte seiner Schüler ablesen. Ne, auch lieber nicht, es gibt nämlich keine. Wie jetzt? An unserem schlauen Nachwuchs kann es nicht liegen, so gut ausgestattet mit unseren Genen, wie es nur geht. Das kann ja dann schätzungsweise nur am Test selber liegen. Wie, wen und was testen die denn überhaupt? 15-jährige Schüler und Schülerinnen, ja geht's noch? Teenies im Rausch der Hormone? Na jedenfalls haben deutsche

Teenies welche, ich will gar nicht wissen, wie sich Lettland und Singapur in den nächsten Jahrzehnten entwickeln werden, scheinbar so ganz ohne Hormone.

Und diese hormongebeutelten deutschen Jugendlichen sollen sich dann in einem zweistündigen Computertest konzentrieren. Ohne Zigarettenpausen wohlgemerkt! Die sollten mal Kontakt mit der Gewerkschaft aufnehmen, das sind doch keine zumutbaren Arbeitsbedingungen. Multiple-Choice-Antworten werden angeboten. Sowas gibt's bei der Führerscheinprüfung, da sind die Prüflinge aber schon 17 Jahre alt. Und auf die Prüfung bereiten sie sich vor, die ist lebenswichtig. Wen interessiert schon Florenz oder Pisa, oder wie immer das heißt.

Leseverständnis, Mathe und Naturwissenschaft sollen nachgewiesen werden. Die Mädels und Jungs verstehen mühelos Tweets, WhatsApp-Nachrichten, beantworten diese flott und passgenau in verständlichen Halbsätzen und mit Emojis. Das nenn ich mal effektive Kommunikation. Hab ich doch gesagt, es liegt an der Prüfungsform. Und wozu braucht jemand Mathe? Geht alles viel schneller mit dem Taschenrechner. Damit sparst du wertvolle Lebenszeit, in der du produktiv chillen kannst, mit Freunden zocken oder die du im Fitness Studio verbringen kannst, um deinen Body in Traumform zu bringen. So wollen wir deutsche Männer und Frauen! Und die Naturwissenschaften? Also Moment mal, Natur ja, Wissenschaften nein. Nur wenn du Astronaut werden willst, Unkrautvernichtungsmittelhersteller oder Brücken über Flüsse bauen willst. Wenn nicht, bist du raus aus der Nummer, einfache Kosten-Nutzen-Analyse. So what? Nix Pisa, nix Durchschnitt. Wir überholen diese Kopfgeburten alle, mal links, mal rechts.

Laut PISA-Studie sind deutsche Schüler nur Durchschnitt, Zeit es mit Gegenmaßnahmen geradezubiegen. Mit Gottvertrauen gegen die PISA-Pleite? Wär natürlich die billigste Lösung. Da spielt Bayern schon mal die Vorreiterrolle. Im Söderland hat unser Markus bereits das Aufhängen von Kreuzen organisiert. Eines pro Klassenzimmer, da geht bestimmt noch mehr. Der alte Herr, unser aller Vater, muss vor lauter Freude darüber in die Hände geklatscht haben. War ja das Mindeste, was man von einer christlichen Partei erwarten konnte. Aber wird das Mindeste ausreichen, um Teenies aus dem mentalen Loch zu befreien?

Mehr motivierte Lehrer könnten wir gut brauchen. Motiviert genug, die Digitalisierung voranzutreiben, Corona bedingte Wissenslücken zu schließen, soziale Unterschiede zu überbrücken, als Reiseleiter bei Schulfahrten zu unterhalten, Eltern zu beraten, Mobbingfälle zu erkennen, aus Unterrichtsstunden eine unterhaltsame, nachhaltige Show zu liefern, auf antisemitische Gesinnung zu reagieren, unvergessliche Feste zu organisieren. Ein absoluter Traumjob bei freier Zeiteinteilung am Nachmittag. Mit einem Vergütungssystem, das als Existenzgratifikation mehr als angemessen ist. Ideal für Frauen, multitaskingfähig, liebenswerte Kümmerinnen, ohne dieses unangenehme Nein-Sager-Gen. Solche Lehrerinnen braucht das Land. Sollten wir im Söderkernland nicht genug finden, dann locken wir sie einfach aus anderen Bundesländern zu uns nach Bayern. Ja, a Fuchs is er scho, unser Markus, der lässt sich was einfallen. Der verhält sich geradezu inspirierend für das ganze Land. (Mal dran gedacht, Kanzler zu werden, Herr Söder?) Oder wir holen uns Fachidioten, pardon, Fachkräfte aus Industrie und Forschung. Das bisschen Pädagogik kommt mit der Zeit, learning by doing. Und wenn wir sie alle so richtig ausgelutscht haben, dann wird er schon wieder laufen, dieser schwer lenkbare Bildungstanker.

Was, wenn nicht? Das entscheiden wir in zehn Jahren.

Menschen mit Masken

Fallen dir auf Anhieb keine ein? Ach so, ja doch, an Fasching, da gibt's doch diese Bälle, da kommst du nur mit Maske rein. Hast du das schon mal ausprobiert, so einen ganzen Abend mit 'ner Maske? Da läuft dir nach kurzer Zeit die Brühe runter, also gut, du transpirierst ganz heftig. Ein ekelhaftes Gefühl, aber – jetzt kommt's – mit 'ner Maske erkennt dich keiner. Du hast quasi Narrenfreiheit, kannst so richtig die Sau rauslassen, kannst tun, was du dich sonst nie traust. Am besten du machst vor Mitternacht die Biege, sonst fliegst du bei der Demaskierung auf.

Hört sich lustig an, oder? Es sei denn, jemand erkennt dich trotz Maske, am Gang, an typischen Handbewegungen, an der Stimme. Das ist ja gerade der Reiz an der Sache, rauszufinden, wer hinter all den Masken steckt, ohne selbst aufzufliegen. „Und wenn der Karneval vorbei ist, dann maskieren wir uns wieder richtig", sagt meine Freundin. Wie ist die denn drauf? Was meint sie damit? Tatsächlich würde sie nie ohne perfekt geschminktes Gesicht aus dem Haus gehen, nicht mal zum Bäcker um die Ecke. Ich kann mich nicht erinnern, sie jemals ungeschminkt gesehen zu haben. Bei meiner Mama wäre sie damit nicht durchgekommen. „Make-up ist dick aufgetragene Kritik am Schöpfer", hat sie mir eingebläut. Für Papa ist ein geschminktes Gesicht einfach nur ein Clownsgesicht. Ja und wenn schon! Jeder liebt Clowns, die Spaßmacher mit ihrer geschminkten Maske, der roten Nase, den viel zu weiten Klamotten und den großen Schuhen. Sie bringen Menschen zum Lachen. Das ist Schwerstarbeit und erfordert Mut. Eigentlich steckt hinter jedem Menschen ein Clown, aber nur wenige haben den Mut, es zu zeigen. Und hinter jedem Clown steckt ein Mensch, den du nicht erkennen würdest, wenn er dir über den Weg läuft.

Sehr zum Leidwesen seiner Eltern hat es Luca zum Klassenclown geschafft, ganz ohne Maskerade. Seine Mitschüler sind begeistert, er bringt sie immer wieder zum Lachen. Er traut sich halt was, dafür bewundern sie ihn. Und weil man so viel Spaß mit ihm hat, ist er zu allen Geburtstagen eingeladen. Luca weiß ganz genau, was man von ihm erwartet. Er muss immer noch einen Tacken drauflegen, sich immer wieder was Neues einfallen lassen. Er kann gar nicht mehr anders, seine unsichtbare Clownsmaske ist zu seiner zweiten Haut geworden. Und ohne diese Maske würden sie Luca gar nicht mehr erkennen, mit der Zeit ist die

Maske zum Gesicht geworden. Luca, der Klassenclown. In Wirklichkeit ist er gezwungen zu liefern.
Die Maske ist zur Falle geworden!

Kann Freundlichkeit eine Maske sein? Wie ist das
bei Anne, einer freundlichen, angenehmen
Kollegin? Da ist eine spontane Sympathie zwischen
euch. Du findest, es lohnt sich rauszufinden, ob
sie echt ist. Anne hat nur dieses eine Gesicht,
freundlich eben. Egal, ob es sich um den Chef,
Kollegen oder um Kunden handelt. Du bist
misstrauisch, das kann nicht wahr, nicht echt
sein. Da ist diese unsympathische, geschwätzige,
launische Kollegin aus der IT-Abteilung, eine
unmögliche Person. Und die kriegt dieselbe Portion
Aufmerksamkeit und Freundlichkeit ab wie du.
Wie kann das sein? Entweder sie findet dich
sympathisch oder die IT-Kollegin. Beides schließt
sich aus. Bin mir sicher, diese Freundlichkeit ist
ein Fake, eine Maske. Bringt sie Anne in der
Beliebtheitsskala ganz weit nach vorn? Nur bei mir
nicht, ich bin mir sicher, irgendwann fällt die
Maske, wird es zu anstrengend, sich dahinter zu
verstecken. Bin gespannt, was hinter der Maske
liegt.

Andererseits – wir sollten nicht versuchen, anderen die Masken vom Gesicht zu reißen. Manche

Maske wird nur mit Rücksicht auf andere getragen.

Susanne Carl geht mit ihrer Kunstaktion ‚Who are you?' genau den umgekehrten Weg. Für ihr Fotoprojekt verbergen Teilnehmer-/innen ihr Gesicht hinter einer neutralen Maske – immer das gleiche Model. Manche setzen zusätzlich noch Perücken auf, dann werden sie fotografiert. Was passiert? Wieviel Identität bleibt von den Personen übrig, wenn das Gesicht nicht gezeigt wird? Wie verändern sich die Gefühle der Personen hinter der Maske? Welche Erkenntnisse hat dieses Projekt gebracht? Für mich ganz klar. Jetzt kann ich mich zum ersten Mal in Menschen hineinversetzen, die unter Prosopagnosie leiden, wie Brad Pitt oder Kronprinzessin Victoria. Für sie sehen alle Gesichter gleich aus. Sie können sich auch nicht an Gesichter erinnern, nicht mal an ihr eigenes. Was bleibt, wenn das Gesicht des Gegenübers als Erkennungsmerkmal wegfällt? Wenn du deine Kinder vom Kindergarten abholst, musst du wissen, was sie morgens angezogen hatten. Wenn dir dein Chef im Kaufhaus über den Weg läuft, erkennst du ihn hoffentlich an der Stimme. Stress ohne Ende. Sie hoffen alle auf eine KI-Spezialbrille, die den Namen des Gegenübers sofort einblendet. Abgesehen davon – das wünsch ich mir auch hin und wieder. Gesichter verändern sich, in der

Kindheit und im Alter besonders. Männer verlieren Haare, Frauen verändern ihre Haarfarbe, Prominente erkennst du ungeschminkt überhaupt nicht mehr. Nach Schönheitsoperationen mit aufgespritzten Lippen und gebotoxten Falten ermogelt sich heutzutage schon Lieschen Müller und Otto Normalverbraucher ein neues Gesicht.

Na, dann mal her mit dieser KI-Spezialbrille.

Treffpunkte

Treffpunkte faszinieren mich, da geht die Post ab, da passiert was. Wo trifft man sich, wer trifft sich da, warum trifft man sich dort?

Womit wir sofort bei der ewig jungen Gretchenfrage sind: „Zu mir oder zu dir?" Du weißt schon, der Abschluss eines vielversprechenden Abends. Sie denkt: „Bei mir fühl ich mich sicherer, aber damit hab ich so gar nicht gerechnet, Chaos." Er denkt: „Ist genug zu trinken da? Wie reagiert der Hund auf sie?" Sie sagt: „Also auf ein Date war ich nicht eingestellt. Lass es uns besser langsam angehen." Er sagt: „Süße, ich hätte da einen fantastischen Rotwein für dich. Also zu mir, wenn du mit dem Hund klarkommst." Damit wäre das wo und mit wem geklärt, offen ist noch die Frage ‚wann'. Leute, da bin ich eher bei ihr, nix überstürzen, lasst es langsam angehen. Aber wer weiß?

Meine persönliche mentale Kapazität reicht nur für ein bis zwei Treffpunkte pro Tag. Mehr kann ich mir nicht merken. Verhängnisvolle Strategie für Weihnachtseinkäufe in Nürnberg: mein Mann dahin, ich dorthin, Treffpunkt in 20 Minuten am Bratwurststand, in 15 Minuten am Ehebrunnen, in 30 Minuten in der Spielwarenabteilung usw. Spart ganz enorm Zeit, alles sehr strukturiert. Sch....! Mitten im Kaufhaus kann ich mich ums

Verrecken nicht mehr an den Treffpunkt erinnern, Handy-Akku leer. Nu is' gutes Rat teuer. Wie find ich meine bessere Hälfte im Weihnachtsgewusel wieder? Ja, ja, grins nur! Was hättest du denn gemacht? Genau! „Herr Wagner, bitte in die Schmuckabteilung kommen", plärrt es durch alle Stockwerke. Damit, dass ich mir dann unter fünf Herren einen raussuchen konnte, hatte ich allerdings nicht gerechnet.

Treffpunkte schaffen liegt zurzeit im Trend: für Jugendliche, für junge Muttis, für Senioren, für Hundebesitzer, für Kartler, für Weinliebhaber, für Esoteriker, für Gotcha-Spieler, für Sportler.

Der Olymp, Treffpunkt der Sportgötter aus der ganzen Welt, wird 2024 nach Paris verlegt. Nur hat sich die Anzahl der berechtigten Götter von ursprünglich zwölf auf ein Vielfaches gesteigert. Die passen gar nicht mehr auf einen einzigen Berg. Sie werden deshalb in Boote eingezwercht, die zur allgemeinen Gaudi die Seine hinunterschippern. Unter zwei Brücken müssen sie durch, die nach Schlachtfeldern von Napoleon benannt sind. Weiß zwar kein gewöhnlich Sterblicher, ist aber einigen Zeitungsfritzen schon aufgefallen. Die Klugscheißer behaupten jetzt, das widerspräche dem Geist des olympischen Gedankens.

Ach Papperlapapp! Wer glaubt denn ernsthaft an die Friedensbotschaft bei dem Blutvergießen auf den aktuellen Schlachtfeldern. Darf ich mich trotzdem auf dieses Sportevent freuen? Ach was, ich mach's einfach. Bei einer Disziplin bin dabei, vor dem Fernseher, dem 4x100-Meter-Staffellauf. Warum? Na ja, ist halt einfach nicht nur Laufen. Die müssen bei der Stabübergabe den optimalen Treffpunkt zwischen zwei Läufern erwischen. Da haut's eben auch mal Mannschaften mit den besten Läufern raus, Treffpunkt verpasst. Maximal spannend.

An den heimischen Stammtischen, wo sich die wirklichen Experten treffen, ist das große Sportler-treffen in Paris noch kein großes Thema. Lasst die Franzosen mal machen mit ihrer gigantischen Protzveranstaltung. Mit den eingesparten Milliarden stopfen wir lieber unser Haushaltsloch. Basta. Stammtischtreffen haben einen unerschöpflichen Pool an Lösungen parat. Für Mannschaftsauf-stellungen in den Fußballclubs, vielversprechende Geldanlagen, geeignete Strategien für Dates ...... Zweifellos: Treffen mit Substanz, quasi halb-offizielle Businessmeetings.

Jetzt bricht die geballte Kompetenz über dich herein, beim Thema Mädelstreffen bin ich Insider. Wenn Frauen über ,meine Mädels' sprechen, dann kannst du mit hundert Prozent Sicherheit davon ausgehen, dass es auch einen Mädelsabend gibt. Ehemänner fragen ihre fröhlichen, minimal beschwipsten heimkehrenden besseren Hälften: „Na, was gibt's so Neues?" Falsche Frage! Die wissen auch nicht mehr über die neuestes Toaster, die energiesparendste Waschmaschine, zeitsparende Schleichwege zur Autobahn als vorher. „Aha, und sonst so?"

Tja, du hast erfahren,

dass die Tobsuchtsanfälle deiner Jungs eine Phase sind, noch ein halbes Jahr, dann müssten sie damit durch sein,

dass alle Kids schon mal schwindeln, wenn man sie fragt, ob die Hausaufgaben schon gemacht sind,

dass du mit deiner Schwiegermutter Glück hast, da gibt's auch echt anstrengende, übergriffige Exemplare,

dass Männer, die sich beim Fußball schauen abreagieren, hinterher umso ausgeglichener sind,

dass Socken dazu neigen, ihre Partner zu verlassen,

dass Biggi nächstes Wochenende eine Betreuung für ihren Sohn Lucas sucht.

Mehr wird nicht verraten, aus dem Nähkästchen plaudern is nich, nicht mit mir. Nur damit du's weißt: Mädelstreffen sind Seelenmassage, Netzwerkarbeit, Sonne im Grauen Alltagseinerlei. Nächster Treffpunkt: Irish Pub, heute Abend. Tschüss dann, ich muss los.

Erwartungen

Gigantisches Thema. Die hat wirklich jeder von uns. Welche Erwartungen hast du bei dieser Geschichte? Sie soll dich überraschen, zum Schmunzeln bringen, dir ans Herz gehen, kurzum, sie soll dich in den Bann ziehen. Und was erwarte ich? Mein Text soll einen Nerv treffen.

Warten wir's ab, denn falsche Erwartungen führen nur zu Enttäuschung. Dass wir in vielen Fällen gar nicht aussprechen, was wir erwarten, macht die Sache nicht leichter. Also, ich erwarte eigentlich schon, dass mein Mann meinen Lieblingswein kennt, dass er nicht vor neun Uhr morgens eine Diskussion vom Zaun bricht und dass er an unseren Hochzeitstag denkt – ohne dass ich mit dem Zaunpfahl winken muss. Klappt, nach über 40 Jahren Ehe, ich kann nicht meckern. Meine Freundin schon. Sie glaubt, sie hat ein besonders begriffsstutziges Mannsbild geheiratet. „Ich hab doch laut und deutlich gedacht, was ich will", jammert sie immer wieder. Ja hallo, so ticken doch die Männer nicht! Die beiden haben's echt schwer miteinander: Zu Weihnachten kriegt sie von ihm einen Satz nagelneuer Töpfe, sie wollte aber eine Goldkette. Ganz miese Stimmung an Heilig Abend, eher unheilig, nix ist schlimmer als enttäuschte Erwartungen. Zu seiner Ehrenrettung, zum Geburtstag im Januar hat sie dann ihre Kette bekommen, und da hat er dann ihre Erwartungen übertroffen. Geht doch!

Es könnte durchaus sein, dass mit meinen Erwartungen beim Essen irgendwas nicht stimmt. Im Biergarten bestell ich mir an Obatzten, ich liebe Obatzten. Aber der hält nicht, was ich mir davon versprochen hab. Bei aller Liebe, da ist keine Spur von Camembert drin, des is nur so eine langweilige Frischkäsepampe. Ja geht's noch! Kann man essen, ist aber enttäuschend. Beim Italiener lass ich mir Spaghetti mit Meeresfrüchten kommen. Was soll ich sagen, die Spaghetti samt Früchten schwimmen im Wasser. Hätte gute Lust, den Teller in die Küche zurückzubringen und den Koch zu zwingen seine Kreation selber zu essen. Enttäuschung und Wut liegen dicht beieinander, das kann ich dir sagen. Da vergisst du glatt eben mal deine gute Erziehung. Jetzt glaubst du bestimmt, ich bin so 'ne alte Meckerziege. Das kann schon mal vorkommen, aber muss man sich alles gefallen lassen?

Außer gutem Essen verschling ich jede Menge Bücher, vorwiegend Krimis oder historische Romane. Die beamen mich null Komma nix in eine völlig andere Welt, es entstehen Bilder im Kopf, eigentlich sogar ein ganzes Kopfkino. Ahnst du schon, was jetzt kommt? Ich freu mich wie Schnitzel, dass ‚mein Buch' verfilmt werden soll, bin super gespannt, wer die Hauptrollen übernehmen soll, wann der Film dann endlich in die Kinos kommen wird. Das lass ich mir auf keinen Fall entgehen! Vorfreude ist wirklich die schönste Freude. Und dann? Die Bilder in meinem Kopf passen so gar nicht zu dem, was da auf der Leinwand läuft. Die Hauptdarstellerin hab ich mir so ganz anders vorgestellt, einige Szenen aus dem Buch tauchen überhaupt nicht auf und der Schluss? So war das doch gar nicht, ich kann mich genau an den Schluss im Buch erinnern. Ich bin erst verwirrt, dann verlass ich irgendwie enttäuscht das Kino. Jetzt weiß ich's: Der Fehler liegt bei mir. Man muss es umgekehrt machen, erst den Film gucken, dann das Buch lesen, das muss ich mir merken. Hab's ausprobiert – Film war super, nur war der Kopf beim Lesen vom Buch dicht. Da gab's keine neuen, eigenen Bilder dazu im Kopf, das Kopfkino wollte nicht anspringen. Das ist Lesen mit halbem Genuss. Was nun? Da gibt's nur eines, ich muss meine Erwartungen anpassen, ich kann nur einmal den vollen Genuss haben – is halt so!

Wenn man Erwartungen anpassen kann, kann man sie dann auch ganz abschalten? Mein Kollege Max kann das. Er fährt am ersten Urlaubstag zum Flughafen, mit kleinem Gepäck, kauft sich ein Last-Minute-Ticket und fliegt los, irgendwo hin.

Am letzten Urlaubstag kommt er zurück, zerzaust, gerupft wie ein Penner, voller Erlebnisse und Eindrücke. Stefan steht mehr auf Urlaub mit dem Wohnmobil, macht es aber im Prinzip ähnlich. Losfahren, grobe Richtung im Kopf, irgendwo landen, weiter, woanders ein paar Tage usw. Immer der Nase nach! Erwartungen? Keine! Planung? Keine! Einfach loslassen, sich umschauen, sich auf Neues einlassen, genießen. Wow, beneidenswert, aber zugegeben, ich kann das einfach nicht. Seit Monaten ist das Hotel schon gebucht, und ich erwarte, dass ich alles picobello vorfinde. Als nächstes mach ich einen Plan, was ich mir in London, Barcelona oder Paris unbedingt anschauen will, inklusive Vorabbuchung, und ich erwarte, dass dadurch alles klappt wie am Schnürchen. Hört sich das für dich spießig an? Hm, aber dafür bin ich dann vor Ort viel entspannter, nehm's wie's kommt und kann meine Erwartungen anpassen. Heute keine Lichterfahrt auf der Weichsel, Krakau feiert sein Drachenfest mit Feuerwerk entlang des Ufers. Auch gut, dann chillen wir halt mit Tausenden anderer Zuschauer, bis das Spektakel losgeht. Was für ein unerwartetes Zuckerl, sogar das i-Tüpfelchen in meinem Programm.

Unvorhergesehene Vergnügungen sind die besten, weil keine Erwartung vorhergeht.

Musik - Erlebnis

Lass mich mal mit einem superschlauen Spruch einsteigen: Wenn Musik zum besonderen Erlebnis werden soll, muss sie mit dir connecten, und das ist kein Akt des Willens.

Einfacher ausgedrückt: Wenn du Musik hörst, dann springt quasi der Motor an, aber du hast keinen direkten Einfluss darauf, ob das passiert. Keine Wissenschaft, aber jede Menge Erfahrung. Zu Hause im Mutterschutz, sechs Wochen vor der Niederkunft, hab ich meine Panik vor einer Geburt mit Hilfe von Songs der Beach Boys vertrieben, du weißt schon: Barbara Ann, Surfin' USA etc. Und schwupps war die gute Laune da. Ein Jahr später – Kind sitzt hinten im Kindersitz, Autoradio an, ein Beach-Boy-Medley wird gespielt. Im Rückspiegel kann ich sehen, wie dieses Kind plötzlich in Fahrt kommt, den Rhythmus aufnimmt, mit den kleinen Beinchen strampelt wie verrückt und fröhlich mitkräht. Ich schwör dir: Der Kleine hat den Sound wiedererkannt, Mamas Gute-Laune-Musik. Total crazy, das hättest du mal miterleben müssen. Die Musik ging direkt in seinen Körper hinein.

Du kennst das doch auch: Ein Sound, eine Melodie, ein Lied verknüpft mit einer besonderen Situation bleibt für immer bei dir. Darum haben so viele Liebespaare etwas, was sie ,unser Lied' nennen? Das ist kein esoterischer Schmarrn, kein Liebesgesülze einzelner Pärchen – das ist eher eine Naturgewalt. Welchen Song verbindet die Welt mit dem Tod und der Trauerfeier der englischen Prinzessin Lady Di? Elton Johns Abschiedslied ‚Candle in the wind‘! Das Fernsehen und die Filmindustrie nutzen diesen Effekt gnadenlos aus. Jede Serie hat ihre eigene Erkennungsmelodie. Gibt's eigentlich schon eine Quizsendung zum Erkennen solcher Melodien? Wär doch mal einen Vorschlag wert.

Musik – das ist ein zutiefst sinnliches Erlebnis. Warum kann ich deutsche Weihnachtslieder nicht ab, mein Mann Country Music nicht ausstehen? Da connectet rein gar nichts. Da fehlt der Zugangscode. Es liegt nicht an der Musik an sich, dass ich Opern schrecklich finde. Aber kann mir jemand erklären, warum eine Figur im Sterben immer noch eine nie enden wollende Arie schmettert? Das berührt mich leider gar nicht – mit Verlaub, das ist doch lächerlich. Im Film ‚Ziemlich beste Freunde‘ kriegt der Pfleger einen Lachanfall, als auf der Opernbühne ein Baum zu singen beginnt. Genauso geht es mir mit der Oper: Lachanfall oder Fluchtreflex. In drei Teufels Namen, dann bin ich für dich halt ein Kulturbanause, ich kann es nicht ändern. Meine Abneigung gegen deutsche Weihnachtslieder hat mich im Bekanntenkreis schon zum Außenseiter gemacht, da kann ich mich noch so viel rechtfertigen. Wir feiern an Weihnachten eine Geburt – wenn ich richtig informiert bin. Die kirchlichen Feiern erinnern allerdings eher an einen Trauergottesdienst. Ne, das nennt man feierlich und besinnlich, hat man mir gesagt. Ob ich wohl ein eher oberflächliches Naturell hätte. Am Ende gefällt mir wohl das unsägliche amerikanische Weihnachtsgedudel? Nur weil ich ‚Maria durch ein Dornwald ging' nicht ab kann, die ist doch nie und nimmer durch einen Dornwald gestiefelt. Oder ‚Es ist ein Ros entsprungen'. Da kommen einem gleich die Tränen und das bei einer Geburtstagsfeier. Aber das mit dem oberflächlichen Naturell hat gesessen, echt jetzt, nur weil ich ‚Coming home for Christmas' oder ‚Jingle bells' mag?

Aber die guten Freunde haben nicht aufgegeben. Um den Mangel an musikalischer Früherziehung auszugleichen, gab es Nachhilfe für meinen unterentwickelten Musikgeschmack. Ein Orgel-konzert im Bamberger Dom, Widerstand zwecklos. Und was soll ich sagen: Es hat gefunkt. Mit geschlossenen Augen alles ausblenden, die Musik ganz tief eindringen lassen, zur Ruhe kommen, eine ganze Stunde lang, es war ein sensationelles Erlebnis. Ein Wunder, dass die Fenster nicht angefangen haben zu wackeln von der Wucht dieser Musik. Den Orgelspieler siehst du während des Konzerts nicht. Ich hab mir einen großen, barocken Typen vorgestellt, der diese Kraft verkörpert. Und dann verbeugt sich so ein zierlicher Mann, nimmt lächelnd den Applaus entgegen – Verzeihung Herr Willinger. Er ist der Zauberer, aber der Zauber geht von diesem unglaublichen Instrument, der Orgel, aus. Ich hätte nie gedacht, dass sie auch mich verzaubern würde für den Rest meines Lebens.

Bin ich jetzt rehabilitiert? Doch nicht so oberflächlich, wie anfangs gedacht? Dann kann ich ja jetzt damit rausrücken, was mir sonst noch so unter die Haut geht. Mit Tickets für den richtig erdigen, ehrlichen Blues kann man mir eine große Freude machen. Beim Blues macht die Stimme den entscheidenden Unterschied, die braucht was Rauchiges, was Erdiges mit Lebenserfahrung, eine Mischung aus Schmerz und Glück. Der Bluessänger gibt ein Stück seiner Seele her, das musst du hören können, sonst kommt kein erfüllendes Erlebnis zustande. Das sind nicht die Worte eines Musikkritikers, der das handwerkliche Geschick einer Band beurteilen kann. Spätestens jetzt hast du's aber schon gemerkt: Ich hab wenig Ahnung von Tonleitern, Kadenzen und Moll-Dur-Gedöns. Von Bass, Tenor, Alt- und Sopran-Stimmen hab ich gehört, ich hab auch mal Alt-

Blockflöte gelernt. Aber ich kann euch sagen, ob ich einen Zugang zu einer Musik bekomme, erzwingen kann ich ihn nicht. Lassen wir doch dem einen seine Kammermusik, seine Country-Music oder seinen Italo-Pop, da findet jeder seine Nische.

Ist Rap eigentlich auch Musik?

Fragen stellen erwünscht?

Der, die, das?
Wer, wie, was?
Wieso, weshalb, warum?
Wer nicht fragt, bleibt dumm!

Kennst du den Reim? Ist der Titelsong einer Kindersendung! Dabei sind genau die Kinder hemmungslose Fragesteller, man muss sie gar nicht dazu auffordern.

„Mama, schau' mal, so ein süßes Baby. Können wir nicht auch so eines bekommen? Wo kriegt man die eigentlich her?" Peinlich? Mama schnappt tatsächlich nach Luft, sucht nach der passenden Antwort, bemerkt die Aufmerksamkeit der Anwesenden, ringt um Worte. Der kleine Zwerg plappert schon wieder los: „Können wir nicht eines bei Amazon bestellen, ich hätte lieber ein Mädchen, mit roten Haaren, wenn sie grad eins da haben?" „Ok, Gabi, da schauen wir zu Hause gleich mal nach", verspricht Mama erleichtert. Sie stehen gerade in der Schlange vor der Kasse. Gabi beobachtet die Kundin vor ihnen und schwupp purzelt die nächste Frage heraus. „Mama, wieso hat die Frau einen Bart? Muss die sich rasieren wie Papa?" Mama wünscht sich sehnlichst ein riesengroßes Loch, in dem sie verschwinden könnte. Oder eine Tarnkappe, um sich unsichtbar zu machen. Überlegt kurz, ob sie die Frage einfach überhören soll. Ne, sie kennt ihre Gabi. Die gibt nicht auf, die wiederholt ihre Frage, nur um einiges lauter. „Haare, die man nicht haben will, kann man ganz leicht wegmachen, das ist keine große Sache. Kein Grund zur Aufregung. Kannst du jetzt bitte mal meinen Schlüssel halten." Glück gehabt, Gabi lässt sich ablenken. Mama ist erleichtert, aber auch unzufrieden mit sich selber. Hatte sie sich nicht fest vorgenommen, alle Fragen ihrer Tochter ganz offen zu beantworten?

> Der, die, das?
> Wer, wie, was?
> Wieso, weshalb, warum?
> Wer nicht fragt, bleibt dumm!

Mit bohrenden Fragen musst du auch in einem Vorstellungsgespräch rechnen. Überraschen, überrumpeln, aus der Reserve locken wollen sie dich, damit sie einen Blick hinter die Fassade werfen können.

„Was halten sie von Kollegen, die bei einer Teambesprechung immer als erste das Wort ergreifen?" Streber, Wichtigtuer.

„Wie reagieren sie auf den Einwand ‚Das wird in unserer Abteilung nicht funktionieren?'." Konzept erstellen, Kollegen ins Boot holen.

„Sind sie bereit, unsere technischen Neuheiten auf Messen zu präsentieren?" Wochenendarbeit?

„Wie würden sie sich in einem Wort beschreiben?" Offen?

„Würden sie lieber unter einem Chef oder einer Chefin arbeiten?" Hoppla, jetzt bloß nicht kneifen. Fair, kommunikativ, transparent, egal ob Mann oder Frau?

„Haben sie noch Fragen an uns?" Deine Chance! Spring' auf den Zug auf, jetzt kannst du die Zügel in die Hand nehmen, darauf kann man sich vorbereiten: „Fortbildungsmöglichkeiten?, Beförderungsperspektiven?, Auslandsaufenthalte?, Sprachkurse?, Eigenverantwortung?, Teamarbeit?" Der Sinn des Frage-Antwortspiels: Wollen sie dich? Willst du sie? Passt ihr zusammen?

> Der, die, das?
> Wer, wie, was?
> Wieso, weshalb, warum?
> Wer nicht fragt, bleibt dumm!

So geht auch Dating. Fragen, Antworten und die Entscheidung: Sind wir ein perfect match? Er liebt Mozart, sie die Beach Boys, er bestellt a Schäufala, sie Kässpätzle, er fährt Rennrad (Touren nicht unter 50 km), sie liebäugelt mit einem E-bike, er will Baumarkt, sie will Schuhgeschäft – Ergebnis einer Matchingliste mit zahlreichen schriftlichen Fragen: Lasst die Finger davon, sagt der Computer, nur noch drei Jahre bis zur Goldenen Hochzeit sagen die beiden Kandidaten. Ups, waren die Fragen falsch? Sind 60 Prozent Übereinstimmung ausreichend für ein gemeinsames Lebens?

Durchaus, da bin ich ganz sicher! Weil große Übereinstimmung zwischen zwei Menschen nicht ausschlaggebend für eine Beziehung ist, weil die Unterschiede eine Bereicherung sein können, weil die Fragen mit ihren Multiple Choice Antwortmöglichkeiten nicht genug Spielraum lassen, weil Antworten aus dem Gespräch heraus Nachfragen zulassen, weil die persönliche Begegnung entscheidet. Dann also lieber Speed Dating, alle Fragen erlaubt, Reaktionen und Antworten erlebbar. Und dann die Mutter aller Fragen: Willst du mich wiedersehen?

Die schrägsten Fragen tauchen immer in geselliger, akzeptabel alkoholisierter Runde auf. Welchen Tag deines Lebens würdest du gerne noch einmal erleben? Welche berühmte Persönlichkeit würdest gerne treffen und einen Tag lang begleiten? Welche Entscheidung würdest du gerne rückgängig machen? Welche drei Wünsche sollte dir eine Fee erfüllen? Welche fünf Worte sollen auf deinem Grabstein stehen, um dich zu charakterisieren? Zumindest für die letzte Frage solltest du einen Vorschlag hinterlassen – sicherheitshalber.

Der, die, das?
Wer, wie, was?
Wieso, weshalb, warum?
Wer nicht fragt, bleibt dumm!

Es sollte ein entspannter Abend mit Freunden im Lokal werden. Der Service aufmerksam und freundlich, nur das Essen stellte sich als eher unterdurchschnittlich heraus. Und dann die unausweichliche Frage der Bedienung: „Hat's euch geschmeckt?" Was nun? Erwartet sie eine ehrliche Antwort vom Gast? Da platzt meine Freundin auch schon lautstark heraus: „Lassen sie mich das mal so sagen. Die Pommes waren latschig, das Gemüse ungewürzt und das Fleisch zäh! Also nein, es hat nicht geschmeckt, kann ich nicht empfehlen." Der Mitarbeiterin fällt die Kinnlade runter, dann wird sie pampig: „Bis jetzt hat sich noch keiner beschwert!" Olala, warum hat sie gefragt, wenn sie die Antwort nicht hören will? Verstehe, das war keine Kundenumfrage, sondern eine rhetorische Frage. Verärgerung auf beiden Seiten: Die Gäste über einen unerfreulichen Abend, das Lokal über zwei unwiederbringlich verlorene Gäste und den Schaden für den guten Ruf.

Wer nicht fragt, bleibt dumm? Genauso, wie jemand, der nur zum Schein, aus Routine fragt.

Fragen und Antworten gehören zusammen, wie Topf und Deckel, Kaffee und Kuchen, Tag und Nacht, Pech und Schwefel.

Das hätte ich gerne früher gewusst.

Ich hab mich schon immer gefragt, warum Mamas so gerne bis drei zählen. Sie könnten auch langsam bis zehn oder bis hundert zählen, aber sie sagen immer zu den Kindern: „Ich zähl jetzt langsam bis drei und dann .....". Dann haben die Kids solche Angst vor der vier, dass sie schleunigst Zähne-putzen, Zimmer aufräumen, den Müll rausbringen, mit den Hausaufgaben anfangen oder das Sand-spielzeug aufsammeln, bevor es nach Hause geht. Hab ich erst vor kurzem wieder mal beobachtet. „Wissen sie, wenn meine Kinder irgendwann raus-bekommen, dass gar nichts Schlimmes passiert, wenn ich bis drei zähle, dann bin ich geliefert." Also ich verrat nix, aber:

Das hätte ich gern früher gewusst.

Unser Luca ist vier. Er übt das Fahrradfahren. Schaut leichter aus, als es ist. Ich bin mir nicht sicher, ob er das Rad fährt oder das Rad ihn. Schreck lass nach, es wirft ihn ab, Knie und Ellbogen bluten, tut höllisch weh. Und wie reagiert sein Papa? „Mensch Luca, hör' auf zu flennen. Ein Indianer kennt keinen Schmerz." Also erstens kennt Luca gar keinen einzigen Indianer und zweitens sind ihm Indianer schnurz-piep-egal, solange er Schmerzen hat, und drittens: Woher weiß Papa das überhaupt. Er weiß es nicht, er sagt das nur immer wieder. Heute denkt sich Luca:

Das hätte ich gern früher gewusst.

Und jetzt denkst du, alles Eltern-Kind-Sprüche, ganz nett, aber hat doch nix mit uns zu tun. Aber ich wette, wir schleppen alle unseren eigenen Erinnerungsrucksack mit uns herum. ‚Gutes Benehmen' haben wir gelernt, warum? Damit kommt man im Leben mal weiter. Bitte und danke sagen, nicht mit vollem Mund sprechen, Menschen anschauen, mit denen man spricht, andere ausreden lassen, sie nicht unterbrechen, immer ehrlich sein, niemals lügen, zur Begrüßung die Hand geben und beim Abschied gleich wieder, älteren Menschen Hilfe anbieten, ihnen einen Sitzplatz anbieten, nicht fluchen, nicht streiten, nicht schubsen, nicht vordrängeln an der Kasse – die Liste könnte gut und gerne doppelt so lang werden. Aber selbst wenn du das alles verinnerlicht hast, selbst wenn du die Mustermaus bist, glaub bloß nicht, dass alle anderen auch so gestrickt sind. Die drängeln sich an der Kasse ganz ungeniert vor, vorbei an dir und fünf anderen. Darauf bist du nicht gefasst, damit kannst du nicht umgehen, dir fehlen die Worte und du denkst: „Wer kommt damit weiter, der Typ oder ich?"

Das hättest du gerne früher gewusst.

Du hast eine schmerzhafte Erfahrung gemacht, deine Leitlinien funktionieren nicht, sie sind anderen piep egal. Du musst neue Strategien entwickeln im Umgang mit den Rücksichtslosen, den Rüpeln, den Egoisten, den Ehrgeizlingen, den Lügnern und Dampfplauderern. Schau dich um, hör dich um, wie du die Welt trotzdem ein bisschen netter machen kannst. Hast du schon von der italienischen Lektion erfahren, die sich ein genervter Barbesitzer ausgedacht hat? Vor seinem Geschäft hat er eine Tafel aufgestellt auf der steht: „Un caffè 3 Euro, un caffè per favore 2 Euro, Buongiorno, mi fa un caffè per favore 1 Euro." Mehr war gar nicht nötig, belohnen statt belehren.

Capito, una lezione italiana – Jetzt weißt du's.

Manche Männer lernen langsam. Ach was, ein Kuss auf den Mund, ohne Vorwarnung, ohne deutliche Zustimmung ist kein Kavaliersdelikt? Und das mitten in der brodelnden MeToo-Debatte? Von den Frauen kannst du lernen, wie man Grenzen zieht und sichtbar macht, Öffentlichkeit herstellen, Solidarität zeigen, durchhalten, nicht einschüchtern lassen von Machtspielchen.

Das hätte der spanische Machoman früher wissen können.

Mit deinem Chef kann man nicht diskutieren? Für ihn gibt's nur eine Meinung, nämlich seine – auch wenn er die letzten Projekte in den Sand gesetzt hat? Du hast es kommen sehen, du hattest die besseren Argumente? Sein Geschrei und Gepöbel wolltest du nicht mit gleicher Münze beantworten? Probier's doch mal damit: Man kann einfach gehen – ohne Worte, vorläufig, auf Zeit, für immer. Verbunden mit dem Memo an dich: Lächeln, umdrehen, Augen rollen, nicht umgekehrt.

Schon klar, das hättest du gerne früher gewusst.

Besser du unternimmst einen zweiten Versuch, nach einem Geschäftsessen vielleicht. Guter Zeitpunkt, da wirkt der Chef immer so friedlich und ausgeglichen. Dein Plan steht: Flexible Arbeitszeiten sind ein Muss, reduzieren Stress, schaffen mehr Zufriedenheit. Glück gehabt, dieses Mal hört er zu, nickt mehrmals und sagt schließlich: „Sie haben völlig recht, Herr Meier, es leuchtet mir durchaus ein, was sie da vorschlagen. Aber darüber werde ich erst entscheiden, wenn ich einen Überblick über die Jahresbilanz habe." Ja, was jetzt, heißt das ja oder nein? Genau genommen heißt es gar nix, denn alles, was vor dem Wort aber gesagt wird, zählt nicht. Ist nur Sand, den man dir in die Augen streut. Der macht dich vorübergehen blind. Wenn es nicht sofort ein Ja ist, dann kannst du's vergessen.

Ach so, na das hätte ich gerne früher gewusst.

Jetzt red' i – sagt mein Esstisch

Klappe halten! Alle! Ohren spitzen und zuhören! Auf den Moment hab ich vierzig Jahre gewartet.

Ihr seid schon Tausende Male an mir vorbeigegangen, ohne mich groß zu beachten. Als ob ich ein Möbelstück wäre, das in der Ecke steht. Aber halt! Ich bin ein Möbelstück, das in der Ecke steht! Umgeben von einer Eckbank und drei Stühlen. Ich bin ein starker Typ, mit einer sieben Zentimeter starken Platte aus robustem Pinienholz. Mich schiebt man nicht so leicht zur Seite, ich bin der Mittelpunkt, der Treffpunkt, der Ruhepunkt.

Muss schwer sein, diese Familie zu bekochen, wenn du alle Typen unter einen Hut, respektive an einen Tisch bringen musst: die vollstarken Genießer, die gemüseknabbernden Hungerhaken, die gnoschigen Teenies, die sabbernden Schnullerbabys und die proteinsüchtigen Muskelpakete. Ein ums andere Mal hieß es ‚Tischlein deck dich‘, heute wird gefeiert. Und da sitzen sie dann beisammen, klappernde Stille wie bei der Raubtierfütterung: die Grätendetektive, die Bratenchampions und die Klößtunker, die Weizenglasgreifer und die Rotweinschlürfer, die

Milchschaumschlecker und die Plätzchen-grabscher mit ihren Schokimäulchen. Und nach dem Essen, Küchendienst für alle männlichen Teilnehmer auf Befehl der obersten Heeresleitung. Lautes Geschirrklappern Richtung Küche, Eintuppern der Reste, Einräumen der Spülmaschine, Gläser von Hand spülen und abtrocknen, Töpfe schrubben, Espressi für die Damen. Endlich macht einer Meldung: „Küche wieder blitzblank." Ja, so muss das laufen.

Nach zehn Jahren Routine ein Riesenschreck, die wollen mich nicht mehr! Dabei bin ich top in Schuss, keine Flecken, keine Kratzer. Hallo, Stopp, wo bringt ihr mich hin? Geruckel auf der Ladefläche eines Transporters, vier Mann sind nötig, um mich zu tragen und hochzuhieven. Aber wozu, bitteschön? Nach kurzer Fahrt dasselbe Spiel, vier Mann zerren mich von der Ladefläche, tragen mich in ein Haus und setzen mich wieder ab. Mein neuer Platz, sagen sie zufrieden. So weit, so gut, ich bin nicht auf einem Möbelfriedhof gelandet, sie brauchen mich noch, sie lieben mich also doch. Zum Beweis, dass ich recht hab, setzen sich alle erst mal um mich rum und genehmigen sich ein frisches Weizen, die Flaschen und Gläser landen auf meiner Platte, alles wie immer, alles in Butter auf'm Kutter, wie sie sagen. Jetzt kann ich mich auch wieder beruhigen, schau mer mal, wie's weitergeht.

Es gibt was Neues, irgendwas ist im Busch, ich kann die Aufregung in den Stimmen hören. Von den Erwachsenen kommt immer wieder der Satz „Jetzt beginnt der Ernst des Lebens, du wirst schon sehen." oder „Da musst du dich aber jetzt ein bisschen anstrengen, sonst wird das nix.". Auch von einer Schultüte und einem Schulranzen ist die Rede. Was mich allerdings am meisten beunruhigt, es gibt Konkurrenz. Die Großeltern haben einen Schreibtisch gekauft. Dort sollen die Kinder Hausaufgaben machen. Was wird dann aus mir? Kann ich das nicht übernehmen, ich kann das, Leute, ich kann auch ein Hausaufgabentisch sein! Und tatsächlich, das Schulkind ist auf meiner Seite, setzt sich jeden Tag zu mir, holt Hefte, Bücher und Stifte raus und macht seine Hausaufgaben. Die Mama hat am Anfang ein bisschen herum gemault – „Aber dafür haben wir doch einen Schreibtisch in deinem Zimmer." – aber dann hat sie aufgegeben, keine Chance. Huh, das ist ja noch mal gut gegangen für mich.

Unerbittlich ist sie übrigens auch bei Tisch-manieren. Bei dem Thema spitz ich die Ohren besonders, scheint ja was mit mir zu tun zu haben, Tisch-Manieren, und mit der Art zu essen. Das ist mir auch schon aufgefallen. Folgende Typen nehmen sich besser in Acht: Fingerfoodler, mit vollem Mund Schwätzer, Serviettenverschmäher, Tischtuchvollkleckerer, Tellermaximalauflader, Schmatzer, Gabelvolllader und Schlürfer. Ich hab nicht gewusst, dass man so viel falsch machen kann, damit kann man sich schrecklich blamieren. „Zeigt, dass ihr aus einem guten Haus kommt", sagt Mama oft. „Und an einem guten Tisch sitzt", füg ich im Stillen hinzu.

Ich hab mir ja ganz fest vorgenommen, dir die ganze Wahrheit zu erzählen, alles, was so rund herum um mich passiert. Manches ist mir aber schon ein bisschen peinlich. Und, soll ich trotzdem davon anfangen? Es geht um die Pampersrocker, also die Jüngsten, die noch gewickelt werden. Nein, nein, ich will mich nicht beschweren, weil sie kleckern und manches Glas umstoßen. Manchmal sind sie plötzlich verschwunden. Ihr seht sie nicht, ihr hört sie nicht – ich schon. Sie sind unter den Tisch gekrabbelt, manche sogar noch unter die Eckbank, um ein bisschen Privatsphäre zu haben, für ein großes Windelgeschäft. Ein durchdringender Geruch breitet sich aus, die Erwachsenen fangen an zu schnuppern, schauen sich suchend um, wer hat hier gepupst? Gewisse Mütter oder Väter haben schnell einen ganz anderen Verdacht, was da abgegangen ist. Dann kommt das Kind herausgekrabbelt, breitbeinig. Ein Windelwechsel steht an, manchmal auch eine Ganzkörperdusche. Ich versteh nur nicht, warum die mich für das stille Örtchen halten. Das ist mir – offen gestanden – irgendwie peinlich.

Gelegentlich bin ich auch Kriseninterventionszentrum. Dann behaupten sie immer, es wäre Zeit für einen runden Tisch. Anfangs hat mich das fürchterlich erschreckt. Ich bin ein rechteckiger Tisch. Warum brauchen sie plötzlich einen runden? Alles gut, ich bin noch da, aber wenn es ernst wird, dann behaupten sie immer, ich sei jetzt ein runder. Zu Beginn einer Krisensitzung heißt es: „Darüber müssen wir mal in aller Ruhe reden". Dann wird es lauter und hitziger, keiner hört dem anderen mehr zu, alle reden gleichzeitig, Tränen sind auch schon geflossen. Viele Sätze beginnen mit ,Aber ich hab doch nur ...', ,Immer behauptest du ...', ,Nie hörst du zu, wenn ...'. Ich bin der perfekte Zuhörer. So kommen die ganz sicher nicht aus der Krise raus. Ich hätte da einen Vorschlag: Zuerst muss sich jeder den Frust von der Seele reden. Dann können sie anfangen, nach einer Lösung zu suchen. Meine Zauberformel heißt: Wir verlassen den Tisch nicht, bevor wir eine Lösung gefunden haben, mit der wir alle leben können. Na, merkt ihr was, ohne mich kommen die nicht weiter!

Bist du jetzt bereit für meine Botschaft an dich?

Ich habe einen Traum, dass eines Tages

- niemand mehr über den Tisch gezogen wird,
- niemand auf den Tisch haut, statt miteinander zu reden,
- keine brisanten Themen unter den Tisch fallen.

Lust auf mehr???

Verssand-
kostenfrei online
erhältlich unter
www.bod.de/shop

und im
Buchhandel

Auch als E-Book!

ISBN 9-783-7578-5404-1   ISBN 9783758362187